DAS ULTIMATIVE BUCH ZUR FUSSBALL EM 2024

INKL. SPIELPLAN, STARS, TIPPSPIEL, & FUSSBALL-QUIZ - PERFEKTES GESCHENK FÜR MÄNNER, KINDER AB 12 & ALLE FUSSBALL-FANS

MARCEL NEUER

IMPRESSUM

BIST DU BEREIT

FÜR DAS

FUSSBALLEREIGNIS DES JAHRES

... ODER DES

JAHRZEHNTS?

Die Fußball-EM 2024 in Deutschland – ein Ereignis, das in die Geschichte eingehen wird ... und du bist mittendrin! Sei dabei, wenn europäische Fangesänge in deutschen Stadien erklingen und ausgelassene Public Viewing Events an jeder Straßenecke auf dich warten.

Mit diesem Buch bist du für alles gewappnet, was diese EM zu bieten hat! Hier erfährst du jeden Tag faszinierende Infos über die Mannschaften, die heute den Rasen in den deutschen Stadien betreten. Von historischen Siegen eines Teams über die beeindruckenden Karrieren einzelner Topspieler bis hin zu überraschenden Hintergrundinfos – in diesem Buch findest du alles, was dein Fußballherz höherschagen lässt.

Und das ist erst der Anfang! Auf dich warten außerdem täglich verschiedenste Rätsel, bei denen du deine Fußballexpertise unter Beweis stellen kannst! Natürlich hast du auch an jedem Spieltag die Möglichkeit, die teilnehmenden Teams einzutragen, deine Prognosen abzugeben und hinterher die tatsächlichen Spielstände zu ergänzen. Das große Buch zur EM 2024 ist also nicht nur ein Buch! Es ist dein persönlicher Guide, der dich interaktiv und informativ durch die EM 2024 begleitet. Schnapp dir einen Stift und mach dich bereit für den Anpfiff!

Bei der EM 2024 wird es bis zu den Entscheidungsspielen im März 2024 ein kleines Geheimnis geben: Drei Teams stehen noch nicht fest. Deutschland, als stolzer Gastgeber, und die jeweiligen Top-Teams aus den zehn Qualifikationsgruppen sind schon sicher dabei, aber für die letzten drei Plätze bleibt es spannend. Diese werden erst in den Entscheidungsspielen im März 2024 vergeben: Teams, die es in der regulären Qualifikation knapp nicht geschafft haben, aber in der Nations-League glänzten, bekommen eine zweite Chance. In diesem Buch wirst du an den Stellen, an denen es um die entsprechenden Teams geht, Platz finden, um die jeweiligen Länder einzutragen.

WIR ÜBEN DAS DIREKT MAL:
TRAGE HIER DIE TEAMS EIN, DIE SICH ERST IN DEN PLAYOFFS IM MÄRZ 2024 QUALIFIZIERT HABEN!

GRUPPE A

DEUTSCHLAND

SCHOTTLAND

UNGARN

SCHWEIZ

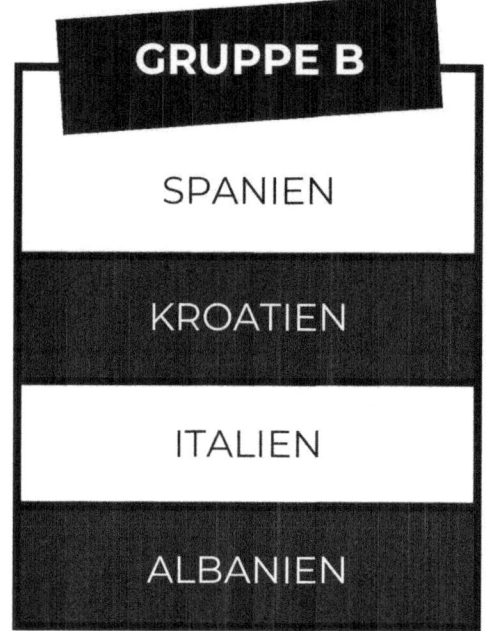

GRUPPE B

SPANIEN

KROATIEN

ITALIEN

ALBANIEN

GRUPPE C

SLOWENIEN

DÄNEMARK

SERBIEN

ENGLAND

GRUPPE D

PLAYOFF-GEWINNER

NIEDERLANDE

ÖSTERREICH

FRANKREICH

GRUPPE E

BELGIEN

SLOWAKEI

RUMÄNIEN

PLAYOFF-GEWINNER

GRUPPE F

TÜRKEİ

PLAYOFF-GEWINNER

PORTUGAL

TSCHECHIEN

EINE LEGENDE ZWISCHEN DEN PFOSTEN

MANUEL NEUER

Vom kleinen Fußballplatz in Gelsenkirchen bis zu den glänzendsten Stadien der Welt – Manuel Neuer hat sich als ein Titan des Fußballs und als unübertroffener Torhüter einen Namen gemacht. Geboren in der Fußballstadt Gelsenkirchen, entwickelte er schon früh seine Leidenschaft für Fußball, die ihn weit tragen sollte.

Neuer, der Pionier im Tor, hat nicht nur die Kunst des Torhütens perfektioniert, sondern sie auch neu definiert. Er ist bekannt für seinen "sweeper-keeper"-Stil, eine Rolle, die er praktisch erfunden und zur Perfektion gebracht hat. Er ist der Torwart, der aus seinem Kasten sprintet, um Bälle abzufangen und Angriffe zu starten.

Seine beeindruckenden Leistungen sind legendär. Wer könnte seine unglaublichen Paraden im Finale der Weltmeisterschaft 2014 in Brasilien vergessen, als er Deutschland zum Sieg führte und den "Goldenen Handschuh" als bester Torhüter des Turniers erhielt? Oder seine Heldentaten im Champions-League-Finale 2020, als er mit seinen nahezu unmenschlichen Reflexen den Bayern München zum Sieg verhalf?

Seine Geschichte ist auch eine der persönlichen Herausforderungen und Triumphe. Neuers Weg war nicht immer leicht; Verletzungen und Rückschläge haben ihn auf die Probe gestellt, doch sein unerschütterlicher Wille und seine Entschlossenheit haben ihn immer wieder an die Spitze zurückgebracht.

QUIZ FRAGEN

MANUEL NEUER IST MEHR ALS NUR EIN FUSSBALLER. SEIN ENGAGEMENT AUSSERHALB DES FELDES IST EBENSO BEMERKENSWERT.
MIT SEINER STIFTUNG ZEIGT ER, DASS SEIN HERZ EBENSO GROSS IST WIE SEIN TALENT. SEINE STIFTUNG HEISST:

A) NEUER'S FAIR PLAY FUND
B) MANUEL NEUER FUSSBALLAKADEMIE FÜR JUGENDLICHE
C) MANUEL NEUER KIDS FOUNDATION
D) NEUER'S NATURWÄCHTER

MANUEL NEUER IST BEKANNT FÜR SEINE SPORTLICHEN FÄHIGKEITEN, ABER ER HAT AUCH EIN MUSIKALISCHES TALENT. WELCHES INSTRUMENT SPIELT MANUEL NEUER IN SEINER FREIZEIT?

A) KLAVIER B) GITARRE C) SCHLAGZEUG D) SAXOPHON

MANUEL NEUER KONNTE NICHT NUR AUF DEM FUSSBALLFELD BERUFLICHE ERFAHRUNGEN SAMMELN. WO WIRKTE ER EBENFALLS MIT?

A) 2014 WAR ER DAS GESICHT EINER COLGATE-WERBEKAMPAGNE.
B) 2013 SYNCHRONISIERTE ER IM FILM "DIE MONSTER UNI" DIE FIGUR „FRANK MCCAY"
C) 2012 SPIELTE ER IN DER BELIEBTEN KRIMISERIE "TATORT" EINE LEICHE.
D) 2015 HATTE ER EINE NEBENROLLE IN EINEM MUSIKVIDEO VON MARK FORSTER.

DEIN TIPP FÜR DAS MATCH

SPIEL	TIPP	ERGEBNIS

14.06.2024 - 21:00 Gruppe A

 |

Deutschland   Schottland

ITALIEN BEI DER EUROPAMEISTERSCHAFT: EINE GESCHICHTE VON LEIDENSCHAFT UND TRIUMPH

Die italienische Fußballnationalmannschaft, auch bekannt als die "Azzurri", ist eine der faszinierendsten und erfolgreichsten Mannschaften in der Geschichte der Europameisterschaft. Ihr erster großer Triumph bei der EM kam 1968, als sie das Turnier als Gastgeberland gewannen. Dieser Erfolg war besonders bemerkenswert, da sie das Halbfinale gegen die Sowjetunion durch einen historischen Münzwurf entschieden - ein einzigartiges Ereignis in der Fußballgeschichte.

Obwohl Italiens Weg in der EM nicht immer glatt verlief und von einigen Niederlagen und Enttäuschungen geprägt war, gelang es ihnen, sich immer wieder an die Spitze zu kämpfen. Ihr beeindruckender Sieg im Jahr 2020 demonstrierte ihre Fähigkeit, sich zu erholen und mit einer Mischung aus erfahrenen Spielern und jungen Talenten zu triumphieren.

Die Unterstützung durch ihre leidenschaftlichen Fans, die in ganz Italien und darüber hinaus zu finden sind, hat wesentlich zur Legende der "Azzurri" beigetragen. Ihre Liebe und Hingabe zum Team zeigen sich in der nationalen Begeisterung bei jedem Turnier, bei dem Familien und Freunde zusammenkommen, um ihre Mannschaft zu feiern und anzufeuern.

QUIZ FRAGEN

WELCHEN NEGATIVREKORD ERREICHTE DIE ITALIENISCHE
MANNSCHAFT?

A) DAS EINZIGE EIGENTOR JEMALS IN EINEM FINALE
B) DAS SCHNELLSTE GEGENTOR JEMALS IN EINEM FINALE
C) DIE WENIGSTEN TORE BEI EINER EM JEMALS (GESAMT)

WELCHES BESONDERE MOTTO VERFOLGTE DIE ITALIENISCHE
NATIONALMANNSCHAFT BEI DER EM 2020?

A) "BLAU IST DIE FARBE DES SIEGES"
B) "GEMEINSAM SIND WIR STARK"
C) "LEBE AZURBLAU"

IN WELCHEM JAHR WURDE ITALIEN ERSTMALS
SIEGER EINER EUROPAMEISTERSCHAFT?

A) 1968
B) 1980
C) 2021

DEINE TIPPS FÜR DEN SPIELTAG

SPIEL	TIPP	ERGEBNIS

15.06.2024 - 15:00 Gruppe A

 |

Ungarn — Schweiz

☐ : ☐   ☐ : ☐

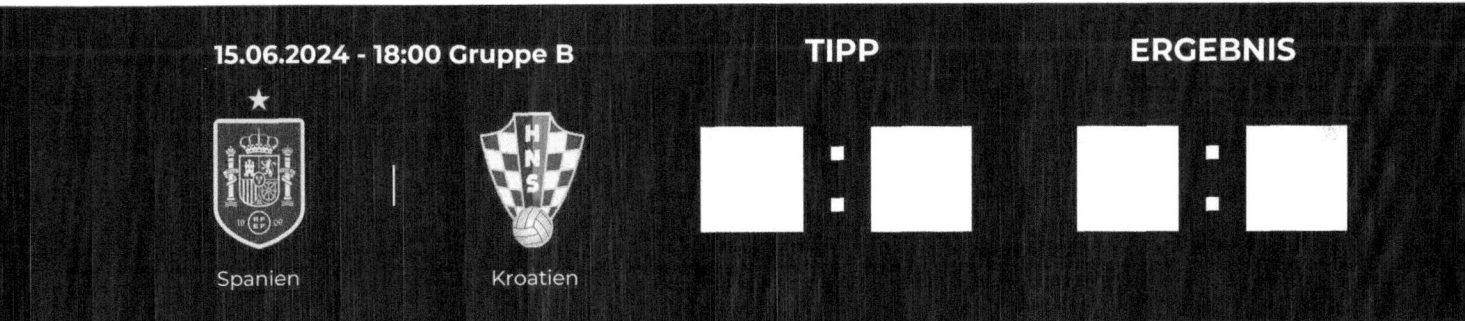

15.06.2024 - 18:00 Gruppe B

TIPP   ERGEBNIS

Spanien — Kroatien

☐ : ☐   ☐ : ☐

15.06.2024 - 21:00 Gruppe B

TIPP   ERGEBNIS

 |

Italien — Albanien

☐ : ☐   ☐ : ☐

16. JUNI 2024

DER ABWEHR-TITAN

VIRGIL VAN DIJK

Virgil van Dijk, der niederländische Abwehr-Titan, ist zweifellos einer der besten Innenverteidiger der Welt. Geboren am 8. Juli 1991 in Breda, Niederlande, begann seine Fußballreise auf bescheidenen Plätzen, lange bevor er die größten Bühnen des Sports eroberte.

Schon in jungen Jahren zeigte van Dijk ein außergewöhnliches Talent für das Spiel. Sein beeindruckendes Gespür für Raum und seine Fähigkeit, gegnerische Angriffe zu durchkreuzen, ließen ihn schnell in die Ränge der aufstrebenden Fußballstars aufsteigen. Durch seine beeindruckende Größe und seinen kraftvollen Körperbau ist van Dijk nicht nur ein Abwehrriegel, sondern auch ein Spielmacher von der Abwehr aus. Sein Sinn für Timing und seine Fähigkeit, den Ball elegant aus der Abwehr herauszuspielen, machen ihn zu einem wahren Alleskönner. Seine Präsenz auf dem Platz ist beruhigend für seine Teamkollegen und ein Alptraum für die Gegner.

Seine Karriere erreichte ihren Höhepunkt 2019 bei Liverpool FC, wo er zu einem unverzichtbaren Bestandteil der Mannschaft wurde und half, die Champions League zu gewinnen. Doch van Dijk ist nicht nur ein Held auf dem Platz, sondern auch ein Vorbild abseits des Rasens. Sein Charakter und sein Einsatz für wohltätige Zwecke machen ihn zu einer wahren Inspiration für Fußballfans weltweit. Mit seiner Stiftung setzt er sich leidenschaftlich für die Förderung von Bildung und die Unterstützung benachteiligter Kinder ein.

WAS IST DIE LÜGE?

ZWEI WAHRHEITEN UND EINE LÜGE:

1. ALS KIND LITT VAN DIJK AN EINEM GEFÄHRLICHEN BAUCHABSZESS, DER SEIN WACHSTUM BEHINDERTE UND IHN FÜR EINE LANGE ZEIT IM KRANKENHAUS LIEGEN LIESS.

2. VIRGIL VAN DIJK HATTE EINE FORTGESCHRITTENE BAUCHFELLENTZÜNDUNG UND NIERENVERGIFTUNG, DIE VON MEHREREN ÄRZTEN NICHT ERKANNT WURDE.

3. VIRGIL VAN DIJK MUSSTE ALS JUGENDLICHER EINE SELTENE KNOCHENMARKSERKRANKUNG ÜBERWINDEN, DIE FAST SEINE FUSSBALLKARRIERE BEENDET HÄTTE.

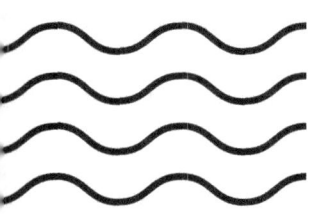

4. VIRGIL VAN DIJK TRÖSTETE NACH DEM SCHLUSSPFIFF DER PARTIE IN DER NATIONS LEAGUE DEN WEINENDEN SCHIEDSRICHTER, DER ZUVOR SEINE MUTTER VERLOREN HATTE.

5. VAN DIJK TRINKT VOR JEDEM SPIEL EINEN SMOOTHIE AUS SPINAT UND BANANEN, UM SEINE MUSKELN OPTIMAL MIT NÄHRSTOFFEN ZU VERSORGEN.

6. VAN DIJK MUSSTE EINE GELDSTRAFE IN HÖHE VON 100.000 PFUND ZAHLEN, WEIL ER DEN SCHIEDSRICHTER BESCHIMPFT HATTE.

7. VIRGIL VAN DIJK IST MIT SEINER FRAU BEREITS SEIT SEINER JUGEND ZUSAMMEN.

8. VAN DIJK IST EIN LEIDENSCHAFTLICHER TÄNZER UND BEHERRSCHT EINIGE BEEINDRUCKENDE TANZMOVES.

9. VAN DIJK HAT EINEN INSTAGRAM ACCOUNT, AUF DEM ER FAST AUSSCHLIESSLICH FUSSBALL-SCHNAPPSCHÜSSE POSTET

DEINE TIPPS FÜR DEN SPIELTAG

SPIEL	TIPP	ERGEBNIS

16.06.2024 - 15:00 Gruppe D

 |

Play-off-Sieger A | Niederlande

 :

☐ : ☐   ☐ : ☐

16.06.2024 - 18:00 Gruppe C | TIPP | ERGEBNIS

 |

Slowenien | Dänemark

☐ : ☐   ☐ : ☐

16.06.2024 - 21:00 Gruppe C | TIPP | ERGEBNIS

 |

Serbien | England

☐ : ☐   ☐ : ☐

DER BLITZ AUS FRANKREICH

KYLIAN MBAPPÉ

Kylian Mbappé, der französische Fußballzauberer, hat die Welt im Sturm erobert. Geboren am 20. Dezember 1998 in Bondy, einem Vorort von Paris, hat er sich zu einem der aufregendsten Talente des modernen Fußballs entwickelt.Bereits in jungen Jahren zeigte Mbappé seine außergewöhnlichen Fähigkeiten auf dem Spielfeld. Mit seiner atemberaubenden Geschwindigkeit und seinen präzisen Dribblings scheint er oft wie ein Blitz über den Rasen zu fegen. Sein Talent wurde früh erkannt, und er durchlief die Jugendakademie des AS Monaco, bevor er zu einem internationalen Superstar wurde.

Mbappé ist nicht nur schnell auf dem Platz, sondern auch in der Geschichte des Fußballs. Er ist der jüngste Spieler seit Pelé, der bei einer Weltmeisterschaft ein Tor erzielt hat, und gewann 2018 den FIFA-Weltmeisterschaftstitel mit der französischen Nationalmannschaft. Seine unglaubliche Torquote und seine Fähigkeit, in entscheidenden Momenten aufzutrumpfen, machen ihn zu einem der gefürchtetsten Stürmer der Welt.

Neben seinem Fußballtalent ist Mbappé auch für sein soziales Engagement bekannt. Er spendet großzügig an Wohltätigkeitsorganisationen und setzt sich aktiv für die Förderung von Bildung und Sportmöglichkeiten für benachteiligte Kinder ein.

WAS IST DIE LÜGE?

ZWEI WAHRHEITEN UND EINE LÜGE:

1. MBAPPÉ IST EIN BEGEISTERTER POKERSPIELER UND NIMMT GELEGENTLICH AN POKERTURNIEREN TEIL.

2. KYLIAN MBAPPÉ HAT WEGEN SEINER ÄHNLICHKEIT MIT DER NINJA TURTLE DONATELLO HAT ER DEN SPITZNAMEN "DONATELLO" BEKOMMEN.

3. SEIN VERMÖGEN WIRD AUF 275 MILLIONEN GESCHÄTZT.

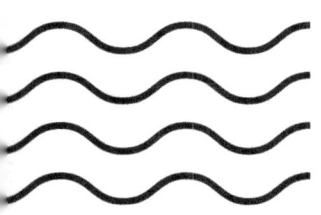

4. MBAPPÉS VATER WAR FUSSBALLER UND FUSSBALLTRAINER UND SEINE MUTTER SPIELTE HANDBALL IN DER HÖCHSTEN FRANZÖSISCHEN LIGA.

5. SEIN ÄLTERER ADOPTIVBRUDER WAR EBENFALLS FUSSBALLPROFI UND VON SEINEM JÜNGEREN BRUDER HAT ER SEINE BERÜHMTE JUBELPOSE.

6. MBAPPÉS ONKEL WAR ZUGLEICH SEIN ERSTER FUSSBALLTRAINER.

7. MBAPPÉ BEGANN BEREITS MIT FÜNF JAHREN MIT DEM FUSSBALLSPIELEN.

8. IM ALTER VON DREIZEHN JAHREN WOLLTE MBAPPÉ SEINE BEGINNENDE FUSSBALLKARRIERE BEENDEN, WEIL IHN DAS HÄUFIGE TRAINING NERVTE.

9. DIE RAPPER CAPITAL BRA, FARID BANG UND KONTRA K VERÖFFENTLICHTEN 2021 EINE SINGLE MIT DEM TITEL MBAPPÉ, IN DEREN REFRAIN MEHRMALS DIE ZEILE DRIBBEL', DRIBBEL' SO WIE KYLIAN MBAPPÉ WIEDERHOLT WIRD.

DEINE TIPPS FÜR DEN SPIELTAG

SPIEL		TIPP	ERGEBNIS

17.06.2024 - 15:00 Gruppe E

Rumänien

Play-off-Sieger B

☐ : ☐   ☐ : ☐

17.06.2024 - 18:00 Gruppe E   TIPP   ERGEBNIS

Belgien

Slowakei

☐ : ☐   ☐ : ☐

17.06.2024 - 21:00 Gruppe D   TIPP   ERGEBNIS

Österreich

Frankreich

☐ : ☐   ☐ : ☐

18. JUNI 2024

DAS FEUER DER LEIDENSCHAFT AUF DEM RASEN!

DIE TÜRKEI

Die Türkei betrat die große Bühne der EM erstmals 1996 in England und sorgte sofort für Furore. Mit einem Einzug ins Viertelfinale zeigten sie, dass sie bereit waren, mit den Großen des europäischen Fußballs mitzuhalten. Aber das war erst der Anfang.

Die echte Magie geschah im Jahr 2008 bei der EM in Österreich und der Schweiz. Unter der Führung von Trainer Fatih Terim schrieben die türkischen Spieler Fußballgeschichte. Ihre Spiele waren nicht einfach Matches, sondern epische Dramen. In einem der denkwürdigsten Momente des Turniers erzielte Semih Şentürk in letzter Minute ein Tor gegen Kroatien und sorgte so für das entscheidende Elfmeterschießen. Die Türken waren auch für ihre Comebacks bekannt. Insgesamt dreimal drehten sie bei der EM 2008 ein Spiel nach einem Rückstand. Diese Mannschaft zeigte, dass sie unbezwingbar war, wenn es darauf ankam.

Aber nicht nur ihre Spiele, sondern auch ihre Fans sind legendär. Die türkischen Anhänger schaffen eine Atmosphäre, die Gänsehaut verursacht. Ihre Leidenschaft und Hingabe sind ansteckend und machen jedes Spiel zu einem Spektakel.

SCHÄTZFRAGEN

WIE OFT HAT DIE TÜRKISCHE NATIONALMANNSCHAFT AN DER FUSSBALL-EUROPAMEISTERSCHAFT TEILGENOMMEN?

AN WIE VIELEN OFFIZIELLEN SPIELEN HAT DIE TÜRKISCHE FUSSBALLNATIONALMANNSCHAFT DER MÄNNER BEREITS TEILGENOMMEN?

WIE VIELE ZUSCHAUER PASSEN INS ŞÜKRÜ SARACOĞLU-STADION IN ISTANBUL?

DIE TÜRKEI IST HÄUFIGSTER GEGNER DER DEUTSCHEN MANNSCHAFT IN DER EM-QUALIFIKATION. BEI WIE VIELEN SOLCHER SPIELE SPIELTEN SIE GEGENEINANDER?

AUF WELCHEM PLATZ LIEGT DIE TÜRKISCHE MANNSCHAFT IN DER EWIGEN BESTENLISTE?

DEINE TIPPS FÜR DEN SPIELTAG

SPIEL			TIPP	ERGEBNIS
18.06.2024 - 18:00 Gruppe F				
 Türkei		 Play-off-Sieger C	☐ : ☐	☐ : ☐

		TIPP	ERGEBNIS
18.06.2024 - 21:00 Gruppe F			
 Portugal	 Tschechien	☐ : ☐	☐ : ☐

DER RAUMDEUTER UND TORSCHÜTZENKÖNIG

THOMAS MÜLLER

Wenn es einen Spieler gibt, der die Fußballwelt mit seinem einzigartigen Stil und seiner unverwechselbaren Persönlichkeit erobert hat, dann ist es Thomas Müller. Der deutsche Fußballer wurde in Weilheim in Oberbayern geboren und entwickelte sich schnell zu einer lebenden Legende des FC Bayern München. Doch Müller ist mehr als nur ein herausragender Stürmer – er ist ein "Raumdeuter". Dieser Spitzname wurde ihm verliehen, weil er auf dem Spielfeld immer den richtigen Raum zur richtigen Zeit findet, um Tore zu erzielen und seine Mannschaft zum Sieg zu führen.

Müller hat eine erstaunliche Fähigkeit, sich in gefährliche Positionen zu bewegen, die oft von seinen Gegnern übersehen werden. Sein Instinkt für Tore ist unübertroffen, und er hat zahlreiche Auszeichnungen als Torschützenkönig gewonnen, sowohl in der Bundesliga als auch bei internationalen Turnieren. Er ist bekannt für seine Vielseitigkeit und kann auf verschiedenen Positionen im Angriff spielen, was ihn zu einem wertvollen Spieler für jede Mannschaft macht.

Aber abseits des Platzes ist Müller ebenso faszinierend. Er ist für seinen unkonventionellen Humor und seine schlagfertigen Antworten bei Interviews bekannt. Seine fröhliche Persönlichkeit hat ihm eine große Fangemeinde eingebracht, und er ist einer der beliebtesten Spieler im deutschen Fußball.

SCHÄTZFRAGEN

WIE VIELE SPIELE HAT THOMAS MÜLLER IN SEINER GESAMTEN BUNDESLIGA-KARRIERE BESTRITTEN?

WIE VIELE BEGEGNUNGEN HAT ER DAVON GEWONNEN?

WIE VIELE TORE HAT THOMAS MÜLLER INSGESAMT FÜR DEN FC BAYERN MÜNCHEN GESCHOSSEN?

WIE OFT WURDE THOMAS MÜLLER BISHER IN SEINER KARRIERE DEUTSCHER MEISTER?

WIE VIELE LÄNDERSPIELE HAT THOMAS MÜLLER FÜR DIE DEUTSCHE NATIONALMANNSCHAFT ABSOLVIERT?

DEINE TIPPS FÜR DEN SPIELTAG

SPIEL	TIPP	ERGEBNIS

19.06.2024 - 15:00 Gruppe B

 |

Kroatien — Albanien

☐ : ☐   ☐ : ☐

19.06.2024 - 18:00 Gruppe A TIPP ERGEBNIS

 |

Deutschland — Ungarn

☐ : ☐   ☐ : ☐

19.06.2024 - 21:00 Gruppe A TIPP ERGEBNIS

 |

Schottland — Schweiz

☐ : ☐   ☐ : ☐

ENGLANDS TORMASCHINE

Harry Kane ist der Mann, der Englands Fußballherzen höherschlagen lässt. Geboren und aufgewachsen in Chingford, hat Kane nicht nur die Tore, sondern auch die Herzen der Fans erobert. Mit seinen unglaublichen Torinstinkten und seiner bemerkenswerten Vielseitigkeit auf dem Spielfeld ist er zweifellos einer der besten Stürmer der Welt.

Kane begann seine Fußballreise bei Tottenham Hotspur, dem Club seines Herzens. Schon früh zeichnete er sich durch seine außergewöhnliche Schusstechnik und seine Fähigkeit aus, aus nahezu jeder Position im Strafraum zu treffen. Seine präzisen Freistoß- und Elfmeterschüsse sind legendär und haben Spiele im Alleingang entschieden.

Eine seiner bemerkenswertesten Eigenschaften ist seine Kapitänsrolle in der englischen Nationalmannschaft. Kane trägt nicht nur die Verantwortung für Tore, sondern auch für die Moral und den Zusammenhalt des Teams. Sein Führungstalent ist unbestritten, und er hat das Team zu großen Erfolgen geführt.

Abseits des Rasens setzt sich Harry Kane auch für wohltätige Zwecke ein. Er gründete die "Harry Kane Foundation", die benachteiligten Kindern und Familien hilft.

FRAGEN ÜBER FRAGEN

KENNST DU DIE RICHTIGE ANTWORT?

IN WELCHEM STADTTEIL VON LONDON WURDE HARRY KANE GEBOREN?

WELCHE POSITION SPIELT HARRY KANE HAUPTSÄCHLICH?

WELCHER SPITZNAME WIRD HÄUFIG FÜR HARRY KANE VERWENDET?

HARRY KANE WECHSELTE FÜR EINE REKORDSUMME TOTTENHAM HOTSPUR ZUM FC BAYERN MÜNCHEN. SIE BETRUG...

HARRY KANE GING ZUR CHINGFORD FOUNDATION SCHOOL - DIE GLEICHE SCHULE, AUF DIE AUCH DIESER BEKANNTE FUSSBALLER GING:

DEINE TIPPS FÜR DEN SPIELTAG

SPIEL		TIPP	ERGEBNIS

20.06.2024 - 15:00 Gruppe C

 |

Slowenien   Serbien

☐ : ☐   ☐ : ☐

20.06.2024 - 18:00 Gruppe C   **TIPP**   **ERGEBNIS**

 |

Dänemark   England

☐ : ☐   ☐ : ☐

20.06.2024 - 21:00 Gruppe B   **TIPP**   **ERGEBNIS**

 |

Spanien   Italien

☐ : ☐   ☐ : ☐

DIE NIEDERLANDE UND IHR FUSSBALLERBE

Die niederländische Nationalmannschaft, liebevoll als "Oranje" bekannt, kann auf eine beeindruckende Fußballgeschichte zurückblicken. In den 1970er Jahren revolutionierten sie den Fußball mit dem sogenannten "Totalen Fußball". Unter der Leitung von Rinus Michels und Johan Cruyff betonten sie fließende Ballbewegungen, kollektives Spiel und Positionsspiel. Diese Ära prägte nicht nur die niederländische Mannschaft, sondern inspirierte auch Fußballmannschaften weltweit.

Ein Höhepunkt in der Geschichte der niederländischen Nationalmannschaft war der Sieg bei der Europameisterschaft 1988. Unter der Leitung von Rinus Michels und mit Ruud Gullit als Kapitän eroberten die Niederlande den Titel. Spieler wie Marco van Basten und Frank Rijkaard trugen zu diesem historischen Erfolg bei und hinterließen bleibende Eindrücke.

Die Niederlande sind auch für die Entwicklung herausragender Spieler bekannt. Johan Cruyff, einer der größten Fußballer aller Zeiten, stammte aus den Niederlanden. Später folgten Dennis Bergkamp, Ruud van Nistelrooy, Arjen Robben und viele andere, die auf der internationalen Bühne brillierten.

Die "Oranje" bleiben eine Mannschaft, die für ihren attraktiven und offensiven Spielstil bekannt ist. Bei jeder Europameisterschaft sind sie eine Mannschaft, die man im Auge behalten sollte, da sie immer für spektakulären Fußball und Überraschungen gut ist.

FRAGEN ÜBER FRAGEN

KENNST DU DIE RICHTIGE ANTWORT?

WIE VIELE WELTMEISTERSCHAFTEN HAT DIE NIEDERLÄNDISCHE
NATIONALMANNSCHAFT BISHER GEWONNEN?

_____

WIE VIELE EUROPAMEISTERSCHAFTEN HAT DIE NIEDERLÄNDISCHE
NATIONALMANNSCHAFT INSGESAMT GEWONNEN?

_____

WELCHE FARBEN DOMINIEREN NORMALERWEISE DAS TRIKOT DER
NIEDERLÄNDISCHEN NATIONALMANNSCHAFT?

_____

WIE LAUTET DER VOLLE NAME DES AKTUELLEN
NIEDERLÄNDISCHEN NATIONALTRAINERS?

_____

IN WELCHEM JAHR TRAT DIE NIEDERLÄNDISCHE NATIONALMANNSCHAFT
ZUM ERSTEN MAL BEI EINER WELTMEISTERSCHAFT AN?

_____

DEINE TIPPS FÜR DEN SPIELTAG

SPIEL		TIPP	ERGEBNIS

21.06.2024 - 15:00 Gruppe E

 Slowakei |  Play-off-Sieger B | ☐ : ☐ | ☐ : ☐

21.06.2024 - 18:00 Gruppe D   TIPP   ERGEBNIS

Play-off-Sieger A   Österreich   ☐ : ☐   ☐ : ☐

21.06.2024 - 21:00 Gruppe D   TIPP   ERGEBNIS

 Niederlande |  Frankreich | ☐ : ☐ | ☐ : ☐

22. JUNI
2024

DER REKORD-BRECHER

CRISTIANO RONALDO

Cristiano Ronaldo, auch bekannt als CR7, ist zweifellos einer der erfolgreichsten und bekanntesten Fußballer aller Zeiten. Geboren auf der portugiesischen Insel Madeira, begann seine Fußballreise früh, und schon bald war sein außergewöhnliches Talent unübersehbar.

Ronaldo zeichnet sich nicht nur durch seine unglaublichen Fähigkeiten auf dem Platz aus, sondern auch durch seinen unermüdlichen Ehrgeiz. Er hat eine bemerkenswerte Karriere in einigen der renommiertesten Vereine der Welt hinter sich, darunter Manchester United, Real Madrid und Juventus Turin. Überall, wo er gespielt hat, hat er Rekorde gebrochen und Tore erzielt, die in die Geschichte eingegangen sind.

Aber Ronaldo ist mehr als nur ein begabter Fußballer. Er ist ein Vollblutathlet und setzt alles daran, in Topform zu bleiben. Sein außergewöhnlicher Arbeitsethos und seine Hingabe zum Training sind legendär. Er ist bekannt für seine Schnelligkeit, seine präzisen Freistöße und seine Fähigkeit, in entscheidenden Momenten zu glänzen.

Abseits des Spielfelds zeigt sich Ronaldo auch als sozial engagierter Mensch. Er hat große Summen für wohltätige Zwecke gespendet und sich besonders für Kinderrechte eingesetzt. Sein Einfluss auf und außerhalb des Fußballs ist enorm, und er bleibt eine inspirierende Figur für junge Talente auf der ganzen Welt.

KREUZWORTRÄTSEL

Horizontal (1): _ E _ R _ _ _

Vertikal (5): T

Horizontal (6): _ _ T

Horizontal (4): R _ _ _ A _ _

Vertikal (8): I

Horizontal (7): _ _ _ R _ I _ _

VERTIKAL ▼

(2) WIE VIELE KINDER HAT RONALDO?
(3) IN WELCHEM LAND WURDE RONALDO GEBOREN?
(5) WAS IST RONALDOS POSITION AUF DEM SPIELFELD?
(8) WAS IST RONALDOS LIEBLINGSFUSSBALL-SCHUHMARKE?

HORIZONTAL ▶▶

(1) IN WELCHEM MONAT WURDE RONALDO GEBOREN?
(4) WIE HEISST RONALDOS ÄLTESTER SOHN?
(6) WAS IST DIE TRIKOTFARBE VON RONALDO BEI MANCHESTER UNITED?
(7) WIE HEISST RONALDOS FREUNDIN?

DEINE TIPPS FÜR DEN SPIELTAG

SPIEL			TIPP	ERGEBNIS

22.06.2024 - 15:00 Gruppe F

 |

Play-off-Sieger C   Tschechien

☐ : ☐   ☐ : ☐

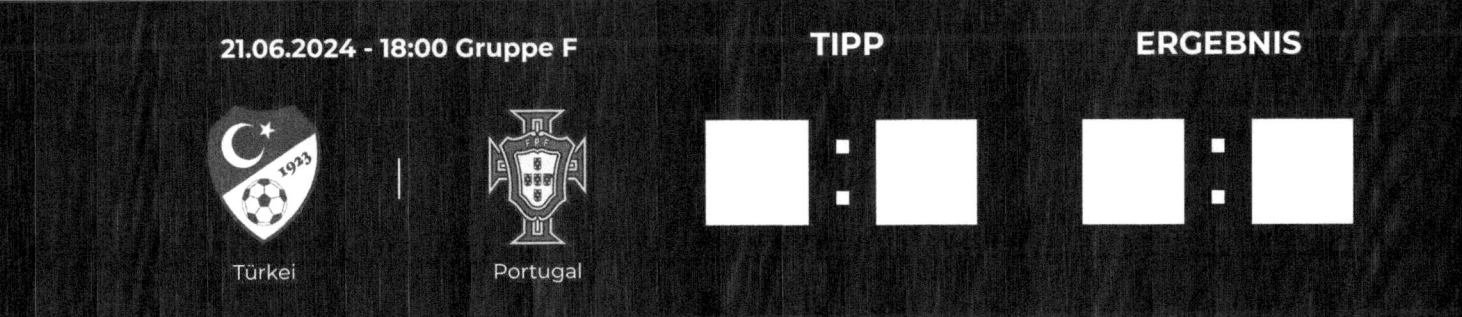

21.06.2024 - 18:00 Gruppe F   TIPP   ERGEBNIS

Türkei   Portugal

☐ : ☐   ☐ : ☐

21.06.2024 - 21:00 Gruppe E   TIPP   ERGEBNIS

 |

Belgien   Rumänien

☐ : ☐   ☐ : ☐

VON HELDEN UND TRIUMPHEN: DIE DEUTSCHE NATIONALMANNSCHAFT IM FOKUS

Die deutsche Nationalmannschaft - eine Fußballlegende, die in der EM-Geschichte eine beeindruckende Spur hinterlassen hat. Deutschland ist das einzige Team, das bei jedem Turnier seit 1972 das Halbfinale erreicht hat (zumindest bis zur EM 2021).

Die deutsche Nationalmannschaft hat nicht nur eine erstaunliche Erfolgsgeschichte, sondern auch einige der legendärsten Spieler der Fußballgeschichte hervorgebracht. Namen wie Franz Beckenbauer, Gerd Müller, und mehr klingen noch heute in den Ohren der Fußballfans weltweit. Spieler wie Miroslav Klose haben Rekorde aufgestellt, die schwer zu übertreffen sind.

Aber Deutschland ist nicht nur für seine Spieler bekannt, sondern auch für seine leidenschaftlichen Fans. Das Team wird von einer riesigen Anhängerschaft unterstützt, die bei jedem Spiel für eine unglaubliche Atmosphäre sorgt. Die berühmte Hymne "Die Mannschaft" wird von Zehntausenden von Fans im Stadion gesungen und verleiht dem Team eine besondere Energie.

Die deutsche Nationalmannschaft hat in ihrer Geschichte beeindruckende Siege gefeiert, darunter den Gewinn der Europameisterschaft 1972, 1980 und 1996. Mit einer Mischung aus Erfahrung und jugendlichem Elan ist die deutsche Nationalmannschaft immer ein Favorit bei internationalen Turnieren. Die Zukunft bleibt vielversprechend, und die Fans können sich auf weitere denkwürdige Momente freuen.

KREUZWORTRÄTSEL

VERTIKAL ▼

(1) WIE VIELE EM-TITEL HAT DEUTSCHLAND GEWONNEN?
(3) WER IST DER REKORDTORSCHÜTZE DER DEUTSCHEN NATIONALMANNSCHAFT?
(4) WELCHER VEREIN SPIELT IM SIGNAL IDUNA PARK?
(5) WELCHER FUSSBALLER SPIELTE 2023 BEIM MÜNCHNER TATORT IN DER EPISODE "HACKL" EINEN FITNESSTRAINER?
(8) WELCHER DEUTSCHE TORWART WURDE ALS "TITAN" BEZEICHNET?

HORIZONTAL ▶▶

(2) WELCHES DEUTSCHE STADION WIRD AUCH "DIE ALTE DAME" GENANNT?
(6) WELCHER DEUTSCHE SPIELER ERHIELT FÜR SEIN ENGAGEMENT GEGEN HOMOPHOBIE IM FUSSBALL DEN TOLERANTIA-PREIS?
(7) VON WELCHEM SPIELER GIBT ES EINE STATUE IN PARIS, DIE EINE KOPFBALL-SZENE ZEIGT?

DEINE TIPPS FÜR DEN SPIELTAG

SPIEL		TIPP	ERGEBNIS
23.06.2024 - 21:00 Gruppe A			
 Schweiz	 Deutschland	 □ : □	 □ : □
23.06.2024 - 21:00 Gruppe A		**TIPP**	**ERGEBNIS**
 Schottland	 Ungarn	 □ : □	 □ : □

PEDRI

DER FUSSBALLZAUBERER AUS TENERIFFA

In den sonnenverwöhnten Gefilden Teneriffas begann die zauberhafte Reise eines jungen Fußballtalents namens Pedro González López, besser bekannt als Pedri. Seine Fußballgeschichte liest sich wie ein modernes Märchen, das von einer unbändigen Leidenschaft für den Sport und außergewöhnlichem Talent erzählt.

Mit seinen Wurzeln bei UD Las Palmas begann Pedri seine Karriere auf der Kanarischen Insel. Schon in jungen Jahren zeigte er ein spielerisches Genie, das die Aufmerksamkeit der größten Fußballklubs der Welt auf sich zog. Im zarten Alter von 17 Jahren unterzeichnete er einen Vertrag beim FC Barcelona, wo er schnell zur Schaltzentrale des Mittelfelds avancierte.

Pedri verzauberte die Fans nicht nur mit seinen magischen Dribblings und präzisen Pässen, sondern eroberte auch einen Platz in der spanischen Nationalmannschaft. Seine ruhige Entschlossenheit auf dem Spielfeld und sein Charisma abseits des Rasens machen ihn zu einem der faszinierendsten Talente des modernen Fußballs. Pedris Geschichte ist noch lange nicht zu Ende geschrieben, und die Fußballwelt kann es kaum erwarten, was dieser junge Zauberer als Nächstes bereithält.

WÖRTERSUCHE

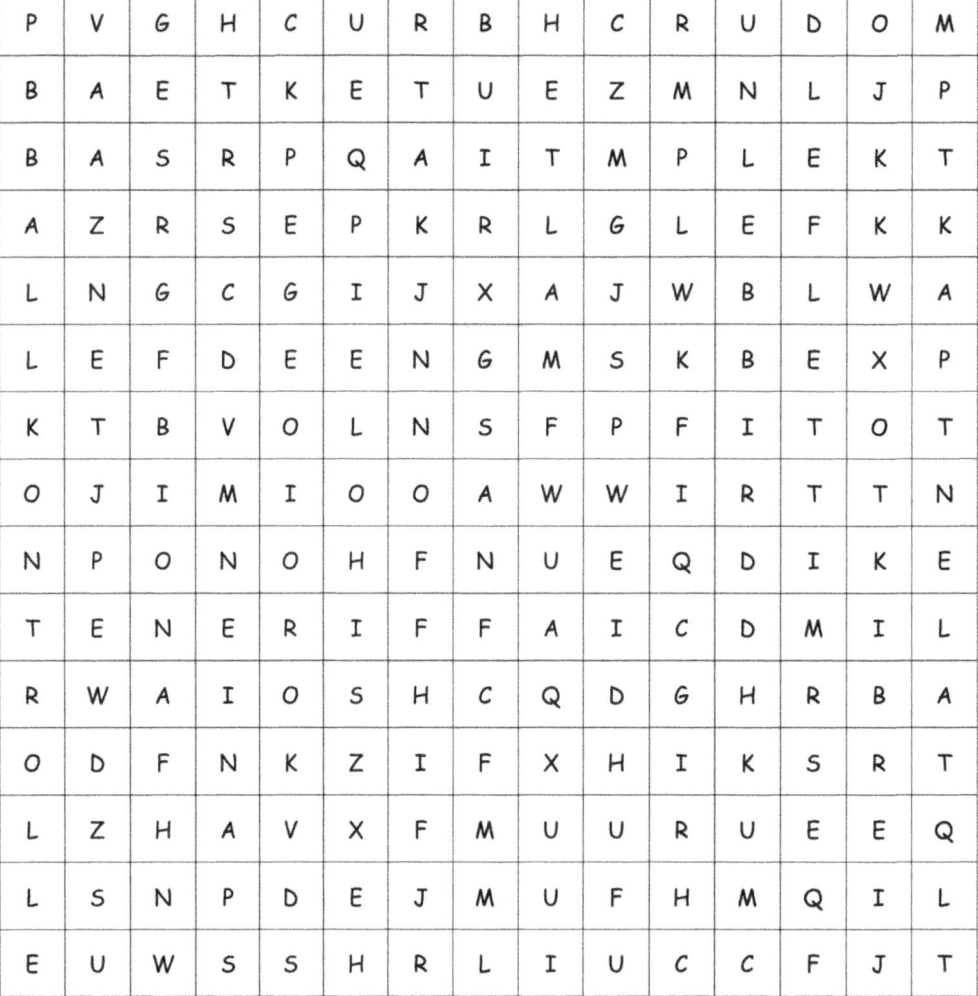

P	V	G	H	C	U	R	B	H	C	R	U	D	O	M
B	A	E	T	K	E	T	U	E	Z	M	N	L	J	P
B	A	S	R	P	Q	A	I	T	M	P	L	E	K	T
A	Z	R	S	E	P	K	R	L	G	L	E	F	K	K
L	N	G	C	G	I	J	X	A	J	W	B	L	W	A
L	E	F	D	E	E	N	G	M	S	K	B	E	X	P
K	T	B	V	O	L	N	S	F	P	F	I	T	O	T
O	J	I	M	I	O	O	A	W	W	I	R	T	T	N
N	P	O	N	O	H	F	N	U	E	Q	D	I	K	E
T	E	N	E	R	I	F	F	A	I	C	D	M	I	L
R	W	A	I	O	S	H	C	Q	D	G	H	R	B	A
O	D	F	N	K	Z	I	F	X	H	I	K	S	R	T
L	Z	H	A	V	X	F	M	U	U	R	U	E	E	Q
L	S	N	P	D	E	J	M	U	F	H	M	Q	I	L
E	U	W	S	S	H	R	L	I	U	C	C	F	J	T

BARCELONA **MITTELFELD** **SPANIEN** **DRIBBELN**
VEREINSWECHSEL **PASSGENAUIGKEIT** **BALLKONTROLLE**
DURCHBRUCH **TENERIFFA** **TALENT**

DEINE TIPPS FÜR DEN SPIELTAG

SPIEL	TIPP	ERGEBNIS

24.06.2024 - 21:00 Gruppe B

Kroatien | Italien

□ : □ □ : □

24.06.2024 - 21:00 Gruppe B | TIPP | ERGEBNIS

Albanien | Spanien

□ : □ □ : □

FUN FACTS

OLYMPIASTADION BERLIN:

1. Jährlich besuchen rund 300.000 Touristen das Olympiastadion.
2. Während der Renovierung des Stadions wurden Überreste von Bomben aus dem Zweiten Weltkrieg gefunden, die darauf hindeuten, dass das Stadion den Krieg unbeschadet überstanden hat.

DORTMUND, SIGNAL IDUNA PARK:

1. Die Spielstätte an der Strobelallee wird von Fans "Tempel" genannt.
2. Seit dem 19. Dezember 2008, dem 99. Geburtstag des Vereins, gibt es in der Nordostecke des Stadions das »Borusseum«, ein Museum rund um die Geschichte von Borussia Dortmund.

KÖLN, RHEINENERGIESTADION:

1. In der Adventszeit werden vom 1. bis zum 4. Advent nicht alle Eckpfeiler beleuchtet, sodass das Rheinenergiestadion zu den größten Adventskränzen der Welt zählt.
2. Die Kölner Zeltinger Band veröffentlichte 1981 das Lied „Müngersdorfer Stadion". Allerdings geht es in dem Lied nicht um das Fußballstadion, das im Stadtteil Müngersdorf liegt, sondern um einen Tag im benachbarten Freibad.[

MÜNCHEN, ALLIANZ ARENA:

Am 2. Juni 2013 musste erstmals in der Geschichte des Stadions ein Spiel wegen Unbespielbarkeit des Platzes abgesagt werden
2. Am 14. Oktober 2023 trugen die Frauen des FC Bayern München erstmals eine Frauen-Bundesligapartie in der Allianz Arena aus.

WÖRTERSUCHE

K	Y	G	T	I	V	S	I	S	R	S	D	U	M	N
I	P	U	P	H	O	X	L	Q	Z	M	E	D	E	Z
U	P	J	U	E	C	K	F	A	H	N	E	N	T	H
C	K	O	O	S	P	I	E	L	E	R	B	A	N	K
D	J	T	H	J	B	A	L	V	R	I	G	W	T	N
Z	D	I	F	S	L	U	T	T	Y	A	R	N	P	F
D	O	E	T	U	N	I	J	R	U	R	S	I	W	M
W	C	I	D	S	A	A	S	V	I	L	K	E	R	P
W	I	X	B	W	G	L	F	T	J	B	F	L	N	Q
M	G	N	G	X	B	A	N	V	K	R	U	O	F	U
K	B	K	H	D	S	A	C	I	J	F	D	E	W	L
E	E	J	P	H	A	L	B	Z	E	I	T	D	N	H
F	Z	H	Q	J	R	P	Z	Q	K	J	R	I	N	E
J	U	W	K	R	R	P	I	E	W	T	K	V	E	H
W	U	S	U	X	W	V	K	C	O	L	B	N	A	F

FANBLOCK   **VIDEOLEINWAND**   **FLUTLICHT**   **SPIELERBANK**

EINLAUF   **RASEN**   **ECKFAHNE**

HALBZEIT   **TRIBUENE**   **FANSHOP**

DEINE TIPPS FÜR DEN SPIELTAG

SPIEL	TIPP	ERGEBNIS

25.06.2024 - 18:00 Gruppe D

 |

Niederlande | Österreich

☐ : ☐   ☐ : ☐

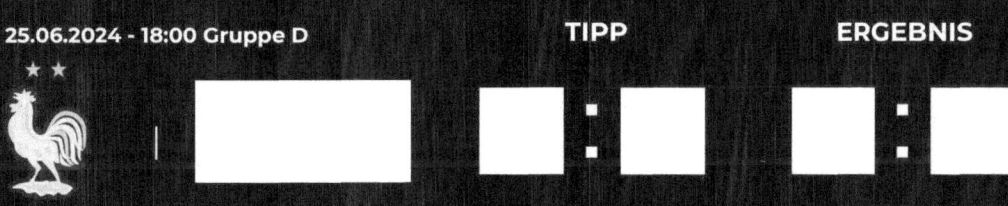

25.06.2024 - 18:00 Gruppe D — TIPP — ERGEBNIS

Frankreich | Play-off-Sieger A

☐ : ☐   ☐ : ☐

25.06.2024 - 21:00 Gruppe C — TIPP — ERGEBNIS

 |

England | Slowenien

☐ : ☐   ☐ : ☐

25.06.2024 - 21:00 Gruppe C — TIPP — ERGEBNIS

 |

Dänemark | Serbien

☐ : ☐   ☐ : ☐

DER BELGISCHE MAESTRO

KEVIN DE BRUYNE

In den Fußballarenen dieser Welt gibt es Spieler, die durch ihre außergewöhnlichen Fähigkeiten und ihr Charisma herausragen. Einer dieser Spieler ist zweifelsohne Kevin De Bruyne, der belgische Maestro. Geboren in Drongen, Belgien, begann De Bruyne seine Fußballreise in seiner Heimat bei KAA Gent. Schon früh zeigte sich sein außergewöhnliches Talent, und es dauerte nicht lange, bis er die Aufmerksamkeit großer Clubs auf sich zog. Seine Reise führte ihn zu namhaften Vereinen wie dem FC Chelsea und dem VfL Wolfsburg, bevor er schließlich bei Manchester City landete.

De Bruyne ist bekannt für seine unglaubliche Technik und sein präzises Passspiel. Seine Fähigkeit, den Ball über weite Entfernungen zu schlagen und entscheidende Vorlagen zu liefern, macht ihn zu einem der besten Spielmacher der Welt. Er beherrscht das Mittelfeld wie kaum ein anderer und ist ein Schlüsselspieler für sowohl seinen Verein als auch die belgische Nationalmannschaft.

Aber es ist nicht nur sein Fußballtalent, das De Bruyne auszeichnet. Sein Engagement auf dem Platz, sein Teamgeist und seine Führungsqualitäten machen ihn zu einem wahren Vorbild für junge Fußballer auf der ganzen Welt. Seine Geschichte und sein Weg zum Erfolg sind inspirierend und zeigen, dass harte Arbeit und Entschlossenheit sich auszahlen.

FRAGEN ÜBER FRAGEN

KENNST DU DIE RICHTIGE ANTWORT?

1. IN WELCHEM JAHR WURDE KEVIN DE BRUYNE GEBOREN?

_____

2. WELCHEN REKORD HÄLT KEVIN DE BRUYNE IN DER PREMIER LEAGUE FÜR DIE MEISTEN ASSISTS IN EINER SAISON? _____
_____

3. WIE VIELE TORE HAT KEVIN DE BRUYNE IN SEINER BISHER BESTEN SAISON ERZIELT?
_____

3. IN WELCHEM JAHR WECHSELTE KEVIN DE BRUYNE ZU MANCHESTER CITY? _____

5. WIE VIELE LÄNDERSPIELE HAT KEVIN DE BRUYNE (BIS MÄRZ 2023) FÜR DIE BELGISCHE NATIONALMANNSCHAFT ABSOLVIERT? _____

DEINE TIPPS FÜR DEN SPIELTAG

SPIEL		TIPP	ERGEBNIS

26.06.2024 - 18:00 Gruppe E

Slowakei | Rumänien

☐ : ☐   ☐ : ☐

26.06.2024 - 18:00 Gruppe E   **TIPP**   **ERGEBNIS**

Play-off-Sieger B | Belgien

☐ : ☐   ☐ : ☐

26.06.2024 - 21:00 Gruppe F   **TIPP**   **ERGEBNIS**

Tschechien | Türkei

☐ : ☐   ☐ : ☐

26.06.2024 - 21:00 Gruppe F   **TIPP**   **ERGEBNIS**

Play-off-Sieger C | Portugal

☐ : ☐   ☐ : ☐

VON LEGENDEN UND ELFMETERHELDEN: TORWARTE DER EM-GESCHICHTE

1. Dino Zoff, ein italienischer Torhüter, hält den Rekord als ältester Spieler, der jemals die Europameisterschaft gewonnen hat. Er war 40 Jahre und 133 Tage alt, als er 1982 den Titel mit Italien holte.

2. Iker Casillas aus Spanien ist der Spieler mit den meisten Spielen ohne Gegentor in der Geschichte der EM. Er blieb in 9 Spielen ungeschlagen.

3. Edwin van der Sar aus den Niederlanden ist der Torhüter mit den meisten Einsätzen in der EM-Geschichte. Er spielte bei 16 EM-Spielen für sein Land.

4. Der deutsche Torhüter Manuel Neuer wurde 2016 zum besten Torhüter des Turniers gewählt. Seine beeindruckenden Reflexe und seine Präsenz im Strafraum halfen Deutschland, ins Halbfinale zu gelangen.

5. Petr Čech aus Tschechien hält den Rekord für die meisten gehaltenen Elfmetertore in der Geschichte der EM. Er hielt 3 Elfmeter während des Turniers 2004.

6. Iker Casillas ist auch der Torhüter mit den meisten Spielen in der EM-Geschichte. Er stand in insgesamt 21 Spielen im Tor für Spanien.

7. Oliver Kahn aus Deutschland wurde 2008 zum besten Torhüter der Europameisterschaft gewählt, obwohl Deutschland nicht das Turnier gewonnen hat. Seine herausragenden Leistungen in der Mannschaft zeigten sein außergewöhnliches Talent.

8. Die Europameisterschaft 1960 war das erste EM-Turnier. Damals spielten die Torhüter noch ohne Handschuhe. Die moderne Torwarthandschuh-Technologie entwickelte sich erst später.

ZITATE ERRATEN

KANNST DU DIESE ZITATE VERVOLLSTÄNDIGEN? KOMMST DU DRAUF, WAS DIE PROFIS SAGEN WOLLTEN?

FRANZ BECKENBAUER: IM 5-METER-RAUM DARF DER TORWART NICHT ANGEGANGEN WERDEN. _____ .

SEPP BLATTER: BEIM FUSSBALL GEHT ES NICHT NUR UM DAS SPIEL, _____ .

MATTHIAS SAMMER: DAS NÄCHSTE SPIEL IST IMMER DAS _____ .

OLAF THON: WIR SPIELEN HINTEN MANN GEGEN MANN, UND ICH SPIEL _____ _____ .

MARIO BASLER: WENN DER BALL AM TORWART VORBEI GEHT, _____ _____ .

DIETER EILTS: DAS INTERESSIERT MICH WIE EINE GEPLATZTE CURRYWURST IM _____ _____ .

GIOVANNI TRAPPATONI: FUSSBALL IST DING, DANG, DONG. _____ _____ .

HISTORISCHE HÖHEPUNKTE DER FUSSBALL-EM: EINE REISE DURCH DIE REKORDE

1. Größter Sieg: Die höchste Siege bei einer EM-Endrunde erzielten die Niederlande und Dänemark mit jeweils einem 6:1-Sieg, die Niederlande gegen Jugoslawien im Jahr 2000 und Dänemark gegen Irland 2020.

2. Meiste Titel: Spanien und Deutschland halten den Rekord für die meisten EM-Titel, mit jeweils drei Siegen.

3. Ältester Spieler: Der älteste Spieler, der jemals in einer EM-Endrunde zum Einsatz kam, ist Gábor Király, der bei der EM 2016 im Alter von 40 Jahren für Ungarn spielte – und bekannt war für seine grauen Jogginghosen.

4. Jüngster Spieler: Jude Bellingham wurde der jüngste Spieler, der jemals in einer EM-Endrunde spielte, als er 2021 für England im Alter von 17 Jahren und 349 Tagen auflief.

5. Meiste Tore insgesamt: Cristiano Ronaldo ist der Spieler mit den meisten Toren in der Geschichte der EM, mit einem Rekord, der ständig wächst.

6. Die meisten Endrundenteilnahmen: Deutschland hält den Rekord für die meisten Teilnahmen an EM-Endrunden. Bis 2021 hatte das Team an allen bis auf eine der Austragungen teilgenommen.

7. Meiste Siege in Folge: Spanien hält den Rekord für die meisten aufeinanderfolgenden Siege bei EM-Endrunden. Von 2008 bis 2012 gewann das Team 12 Spiele in Folge.

8. Meiste Gastgeberländer: Die EM 2020, die aufgrund der COVID-19-Pandemie auf 2021 verschoben wurde, fand in 11 verschiedenen Ländern statt, was einen Rekord für die meisten Gastgeberländer darstellt.

ZITATE ERRATEN

KANNST DU DIESE ZITATE VERVOLLSTÄNDIGEN?
KOMMST DU DRAUF, WAS DIE PROFIS SAGEN WOLLTEN?

LUKAS PODOLSKI: FUSSBALL IST WIE SCHACH, _____

HANS KRANKL: WIR MÜSSEN GEWINNEN, ALLES ANDERE IST _____.

MARIO BASLER: ICH HABE NIE AN UNSERER_____ GEZWEIFELT.

KARL-HEINZ RUMMENIGGE: VIELE KÖNNEN NICHT UNTERSCHEIDEN ZWISCHEN

_____ UND _____.

GARY LINEKER: FUSSBALL IST EIN EINFACHES SPIEL: 22 MÄNNER JAGEN 90 MINUTEN LANG
EINEM BALL NACH, UND AM ENDE _____

ANDREAS MÖLLER: MAILAND ODER MADRID – HAUPTSACHE_____

LOTHAR MATTHÄUS: WÄRE, WÄRE, _____

THOMAS HÄSSLER: ICH BIN KÖRPERLICH UND _____ TOPFIT.

ERGEBNISSE DER GRUPPENPHASE

GRUPPE A	LAND	PUNKTE
1		
2		
3		
4		

GRUPPE B	LAND	PUNKTE
1		
2		
3		
4		

GRUPPE C	LAND	PUNKTE
1		
2		
3		
4		

GRUPPE D	LAND	PUNKTE
1		
2		
3		
4		

GRUPPE A	LAND	PUNKTE
1		
2		
3		
4		

GRUPPE A	LAND	PUNKTE
1		
2		
3		
4		

TABELLE DER DRITTPLATZIERTEN

GRUPPE	LAND	PUNKTE
1		
2		
3		
4		
5		
6		

DIE EVOLUTION DER EUROPAMEISTERSCHAFT: VON 1960 BIS HEUTE

Die UEFA Europameisterschaft, einst gestartet 1960 mit nur vier Teams, ist zu einem der glanzvollsten Fußballevents in der Welt aufgestiegen. Damals holte die Sowjetunion in Frankreich den ersten Titel, in einem Turnier, das heute fast nostalgisch klein anmutet im Vergleich zu den Fußballfesten, die wir jetzt kennen.

1976 brachte eine Wende: Der legendäre "Panenka" von Antonín Panenka im Finale – ein frecher, genialer Elfmeter, der bis heute Fußballer inspiriert. Springen wir ins Jahr 1984, und wir sehen Michel Platini, der mit 9 Toren einen bis heute ungeschlagenen Rekord aufstellte. Diese EM markierte auch den Aufstieg des Turniers zu einem größeren, lauteren und schillernderen Spektakel.

Einer der überraschendsten Momente der EM-Geschichte kam 2004, als Griechenland, der totale Außenseiter, den Titel holte. Ein Märchen, das zeigte, dass im Fußball alles möglich ist. Seitdem hat sich die EM weiterentwickelt, gipfelnd in der Erweiterung auf 24 Teams im Jahr 2016, was das Turnier zu einem wahren Schmelztiegel europäischer Fußballkulturen machte. Von den bescheidenen Anfängen bis zum heutigen Großereignis bleibt die EM eine faszinierende Reise durch die Geschichte und Leidenschaft des europäischen Fußballs.

WER BIN ICH?

FINDEST DU HERAUS, WER HIER GEMEINT IST?

ICH BIN DER FRANZÖSISCHE TORSCHÜTZENKÖNIG, DER 1984 BEI DER EM-GESCHICHTE SCHRIEB. MIT MEINEN 9 TOREN FÜHRTE ICH MEIN TEAM ZUM TITEL UND SETZTE EINEN REKORD, DER BIS HEUTE UNERREICHT IST. WER BIN ICH?

IM EM-FINALE 1976 HABE ICH EINEN ELFMETER VERWANDELT, DER SO GENIAL WAR, DASS ER SEITDEM MEINEN NAMEN TRÄGT. WER BIN ICH?

ICH WAR DER KAPITÄN DER GRIECHISCHEN MANNSCHAFT, DIE 2004 SENSATIONELL DIE EM GEWANN. MEIN FÜHRUNGSSTIL UND MEINE SPIELLEIDENSCHAFT TRUGEN MASSGEBLICH ZUM ERFOLG BEI. WER BIN ICH?

DEINE TIPPS FÜR DEN SPIELTAG

Achtelfinale 1: 29.06.2024 - 18:00

		TIPP	ERGEBNIS

| | | ☐ : ☐ | ☐ : ☐ |

1A — 2C

Achtelfinale 2: 29.06.2024 - 21:00

		TIPP	ERGEBNIS

| | | ☐ : ☐ | ☐ : ☐ |

2A — 2B

30. JUNI 2024

KURIOSITÄTEN UND UNVERGESSLICHE MOMENTE AUS ACHTELFINALPARTIEN

Achtelfinalpartien bei Europameisterschaften sind ein Schmelztiegel spannender Kuriositäten und unvergesslicher Momente. Diese entscheidenden Spiele bringen die besten 16 Nationalmannschaften Europas zusammen und liefern oft Stoff für Legendenbildung.

Ein unvergesslicher Moment ereignete sich bei der UEFA EURO 2004 in Portugal, als Griechenland, ein Außenseiter, den Titelverteidiger Frankreich im Achtelfinale besiegte. Dieser Sieg markierte den Beginn einer erstaunlichen Siegesgeschichte für Griechenland, die das Turnier am Ende gewannen.

Ein weiteres denkwürdiges Ereignis fand bei der UEFA EURO 2016 statt, als der walisische Nationalspieler Hal Robson-Kanu im Achtelfinale gegen Belgien ein spektakuläres Tor erzielte. Sein Fallrückzieher-Tor war nicht nur technisch beeindruckend, sondern auch entscheidend für den historischen Erfolg von Wales in diesem Turnier.

Bei der UEFA EURO 2000 gab es eine kuriose Szene im Achtelfinale zwischen Italien und den Niederlanden. Der italienische Torhüter Francesco Toldo hielt im Elfmeterschießen gleich zwei Elfmeter und verhalf seinem Team zum Sieg. Seine Jubelsprünge nach den gehaltenen Strafstößen sind unvergessen.

WER BIN ICH?

FINDEST DU HERAUS, WER HIER GEMEINT IST?

ICH FÜHRTE DÄNEMARK 1992 ALS KAPITÄN ZUM EM-SIEG, OBWOHL MEINE MANNSCHAFT NICHT EINMAL FÜR DAS TURNIER QUALIFIZIERT WAR. WER BIN ICH?

BEIM GRUPPENSPIEL BEI DER EURO 2008 SORGTE ICH FÜR DEN 2:2-AUSGLEICH IN DER 87. MINUTE UND ANSCHLIESSEND FÜR DEN SIEGESTREFFER IN DER 89. MINUTE. WER BIN ICH?

ICH ERZIELTE 2016 BEI DER EM GEGEN UNGARN DREI TORE UND BIN EINER DER BEKANNTESTEN FUSSBALLER DER WELT. WER BIN ICH?

DEINE TIPPS FÜR DEN SPIELTAG

Achtelfinale 3: 30.06.2024 - 18:00

TIPP   **ERGEBNIS**

1B	3A/D/E/F

☐ : ☐   ☐ : ☐

Achtelfinale 4: 30.06.2024 - 21:00

TIPP   **ERGEBNIS**

1C	3D/E/F

☐ : ☐   ☐ : ☐

ÜBERRASCHUNGSSIEGER BEI DER EM: GRIECHENLAND 2004 UND ANDERE WUNDER

Die Europameisterschaft hat im Laufe der Jahre viele unvergessliche Geschichten geschrieben, aber keine ist wohl so unerwartet und beeindruckend wie der Sieg Griechenlands im Jahr 2004. Dieses Team wurde von Experten und Fans gleichermaßen unterschätzt und galt als krasser Außenseiter. Doch was dann folgte, war eine wahrhaft epische Geschichte im Weltfußball.

Griechenland, angeführt von ihrem charismatischen Trainer Otto Rehhagel, marschierte durch das Turnier und zeigte eine beispiellose Entschlossenheit. Im Finale trafen sie auf Gastgeber Portugal, eine Mannschaft, die als Favorit galt. Doch Griechenland ließ sich nicht beirren und triumphierte mit einem knappen 1:0-Sieg, der in die Geschichte einging. Dieser Sieg war nicht nur eine Sensation, sondern auch ein Beweis dafür, dass im Fußball alles möglich ist, wenn man den Glauben und die Leidenschaft hat.

Aber Griechenland war nicht das einzige Überraschungsteam in der EM-Geschichte. Die Niederlande sorgten 1988 für eine ähnliche Sensation, als sie gegen alle Erwartungen den Titel holten. Als sogenannte "Oranje" Außenseiter stellten sie die etablierte Fußballordnung auf den Kopf. Ebenso beeindruckend war Dänemarks Sieg 1992, als sie kurzfristig ins Turnier nachrückten und sich ebenfalls den begehrten Pokal sicherten. Diese Teams bewiesen, dass im Fußball oft die unerwarteten Helden als Sieger hervorgehen und die Träume einer Nation wahr werden lassen können.

QUIZ FRAGEN

WELCHES LAND GEWANN DIE EM 2020?

A) ITALIEN
B) BELGIEN
C) SPANIEN

WELCHES LAND SORGTE BEI DER UEFA EURO 2016 FÜR EINE DER GRÖSSTEN ÜBERRASCHUNGEN, ALS ES ENGLAND IM ACHTELFINALE BESIEGTE?

A) ISLAND
B) SCHWEDEN
C) IRLAND

WELCHER FRANZÖSISCHE SPIELER ERZIELTE BEI DER UEFA EURO 1984 INSGESAMT NEUN TORE, DARUNTER DAS ENTSCHEIDENDE TOR IM FINALE GEGEN SPANIEN, UND FÜHRTE SEIN TEAM DAMIT ZUM EM-TITEL?

A) ALAIN GIRESSE
B) LUIS FERNÁNDEZ
C) MICHEL PLATINI

DEINE TIPPS FÜR DEN SPIELTAG

Achtelfinale 5: 01.07.2024 - 18:00

TIPP **ERGEBNIS**

1F | 3A/B/C

☐ : ☐ ☐ : ☐

Achtelfinale 6: 01.07.2024 - 21:00

TIPP **ERGEBNIS**

2D | 2E

☐ : ☐ ☐ : ☐

DRAMATISCHE WENDUNGEN: DIE SPANNENDSTEN COMEBACKS DER EM-GESCHICHTE

Die UEFA Euro hat im Laufe der Jahre einige der denkwürdigsten Comebacks hervorgebracht, die die Herzen der Fußballfans höherschlagen ließen. Diese Momente sind es, die die EM zu einem der aufregendsten Sportereignisse der Welt machen.

Ein Moment, der in die Annalen der EM-Geschichte eingegangen ist, ereignete sich bei der UEFA Euro 2000. Im Viertelfinale traf die Türkei auf Kroatien und lag bereits 0:1 zurück. Die Uhr tickte unaufhaltsam, und die Hoffnung schwand, als plötzlich in der letzten Minute der regulären Spielzeit ein sensationeller Ausgleichstreffer fiel. Die türkischen Fans weltweit konnten es kaum fassen, als ihre Mannschaft sich ins Elfmeterschießen kämpfte und schließlich ins Halbfinale einzog. Ein wahrhaft episches Comeback.

Auch bei der UEFA Euro 2012 gab es ein bemerkenswertes Comeback, das die Fußballwelt in Staunen versetzte. Portugal traf auf die Niederlande, und obwohl die Portugiesen in Führung lagen, schienen die Niederlande nach einem Platzverweis chancenlos zu sein. Doch sie kämpften unermüdlich und erzielten den Ausgleich. Das Spiel nahm eine dramatische Wendung, als Portugal in den letzten Minuten das entscheidende Tor erzielte und die Niederlande nach Hause schickte. Es war ein Moment der Hochspannung und des Nervenkitzels, der die Magie der EM unterstrich.

In der jüngsten Geschichte der EM gab es ebenfalls spannende Comebacks. Bei der UEFA Euro 2016 drehte Island ein scheinbar aussichtsloses Spiel gegen England und zog ins Viertelfinale ein. Die Leidenschaft und Entschlossenheit der isländischen Spieler fesselten die Welt, als sie gegen alle Erwartungen siegten. Diese Momente zeigen, dass in der Welt des Fußballs alles möglich ist und dass die EM immer wieder für unvergessliche Comebacks und Überraschungen gut ist.

QUIZ FRAGEN

WELCHE MANNSCHAFT HAT ES ALS EINZIGE GESCHAFFT, SICH ZUNÄCHST NICHT ZU EINER EM ZU QUALIFIZIEREN UND DIESE DANN SOGAR ZU GEWINNEN?

A) DÄNEMARK
B) TÜRKEI
C) DEUTSCHLAND

WELCHES TEAM SORGTE BEI DER UEFA EURO 2004 FÜR EINE DER GRÖSSTEN ÜBERRASCHUNGEN IN DER FUSSBALLGESCHICHTE, INDEM ES IM FINALE DEN GASTGEBER UND FAVORITEN PORTUGAL BESIEGTE?

A) DEUTSCHLAND
B) ITALIEN
C) GRIECHENLAND

WELCHER SPIELER ERZIELTE BEI DER UEFA EURO 1996 EIN "GOLDEN GOAL" IM FINALE, DAS ERSTE IN DER GESCHICHTE DER EUROPAMEISTERSCHAFT?

A) OLIVER BIERHOFF FÜR DEUTSCHLAND
B) PAVEL KUKA FÜR TSCHECHIEN
C) JÜRGEN KLINSMANN FÜR DEUTSCHLAND

DEINE TIPPS FÜR DEN SPIELTAG

Achtelfinale 7: 02.07.2024 - 18:00

TIPP

ERGEBNIS

1E	3A/B/C/D

☐ : ☐   ☐ : ☐

Achtelfinale 8: 02.07.2024 - 21:00

TIPP

ERGEBNIS

1D	2F

☐ : ☐   ☐ : ☐

FUSSBALL UND KULTUR: DIE EM ALS SPIEGEL EUROPÄISCHER VIELFALT

Die UEFA Europameisterschaft ist nicht nur ein Schauplatz für erstklassigen Fußball, sondern auch eine faszinierende Darstellung der kulturellen Vielfalt Europas. Wenn die besten Teams des Kontinents auf dem Rasen antreten, prallen nicht nur verschiedene Spielstile, sondern auch diverse Kulturen aufeinander. Dieses Turnier ist mehr als nur ein sportliches Ereignis; es ist ein Spiegelbild der einzigartigen Identitäten, Traditionen und Geschichten, die Europa ausmachen.

Jedes teilnehmende Land bringt seine einzigartige kulturelle Prägung mit in das Turnier. Von den mitreißenden Gesängen der englischen Fans bis zur leidenschaftlichen Tifosi-Kultur der Italiener sind die Stadien gefüllt mit einem Kaleidoskop an Emotionen und Ausdrucksformen. Die Farben der Fahnen, die Klänge der Hymnen und die Geschmäcker der kulinarischen Spezialitäten verleihen jedem Spiel eine besondere Atmosphäre.

Die EM ermöglicht es den Menschen in ganz Europa, ihre kulturelle Identität stolz zur Schau zu stellen. Sie trägt zur Völkerverständigung bei und fördert den Zusammenhalt, während gleichzeitig der sportliche Wettbewerb im Vordergrund steht. Es ist ein Ort, an dem Unterschiede gefeiert werden und der Geist des Fair Play und des Respekts für andere Kulturen im Mittelpunkt steht. Fußball und Kultur verschmelzen während der EM zu einer einzigartigen Erfahrung, die die Schönheit der Vielfalt in Europa zeigt und uns daran erinnert, dass wir in unserer Verschiedenheit vereint sind.

WÖRTER SUCHE

N	S	T	R	F	Q	C	C	D	U	J	Y	V
S	A	R	I	V	A	L	I	T	A	E	T	A
Z	E	T	M	I	L	U	U	O	Q	Y	F	V
F	I	K	I	E	X	S	L	S	Z	R	A	I
A	N	A	T	O	M	W	Z	T	A	F	I	E
N	H	M	M	P	N	O	P	U	U	V	R	L
K	E	P	Y	A	W	A	T	L	K	U	P	F
U	I	F	Y	U	M	O	L	I	Q	E	L	A
L	T	G	D	P	F	L	I	S	O	Q	A	L
T	D	E	B	N	U	Z	J	G	T	N	Y	T
U	X	I	M	R	T	Q	N	O	X	O	E	K
R	E	S	T	O	L	E	R	A	N	Z	L	N
Y	S	T	W	S	R	D	R	I	I	U	T	Z

**EMOTIONEN TOLERANZ FANKULTUR EINHEIT VIELFALT
KAMPFGEIST RIVALITAET FAIRPLAY NATIONALSTOLZ**

DIE WICHTIGE ROLLE DER GASTGEBERLÄNDER

Im Laufe der Jahre haben die Gastgeber der Europameisterschaft beeindruckende Geschichten geschrieben und das Turnier zu einem Spiegel europäischer Vielfalt gemacht. Doch bei der EM geht es nicht nur um den sportlichen Erfolg; die Gastgeberländer haben eine besondere Rolle zu spielen, und sie tragen maßgeblich zur einzigartigen Atmosphäre des Turniers bei.

Manchmal mögen die Gastgeberländer nicht unbedingt sportliche Höchstleistungen erbringen, aber ihre Aufgabe ist genauso wichtig: Sie sind dafür verantwortlich, eine unvergessliche Stimmung zu schaffen. 1988 etwa, als Deutschland Gastgeber der EM war, mussten sie zwar eine Niederlage hinnehmen, aber die Herzlichkeit der deutschen Fans sorgte dennoch für ein unvergessliches Turnier. Die EM 1996 in England ist ein weiteres herausragendes Beispiel dafür, wie die Leidenschaft und Verbundenheit zwischen den Fans und ihrem Team die Atmosphäre eines Gastgeberlandes prägen können, selbst wenn das Team das Finale verliert. Inmitten dieser Begeisterung entstand das legendäre "Three Lions"-Fieber.

Es sind solche Momente, die zeigen, dass die Europameisterschaft weit mehr ist als nur ein Fußballturnier. Sie ist eine Plattform für die Gastgeberländer, um ihre eigene einzigartige Geschichte zu schreiben und die kulturelle Vielfalt Europas zu feiern. Diese EM-Gastgeber beweisen, dass es nicht immer darum geht, wer den Pokal mit nach Hause nimmt, sondern wie sehr das Turnier die Herzen der Menschen erobert und Erinnerungen schafft, die ein Leben lang halten.

KREUZWORTRÄTSEL

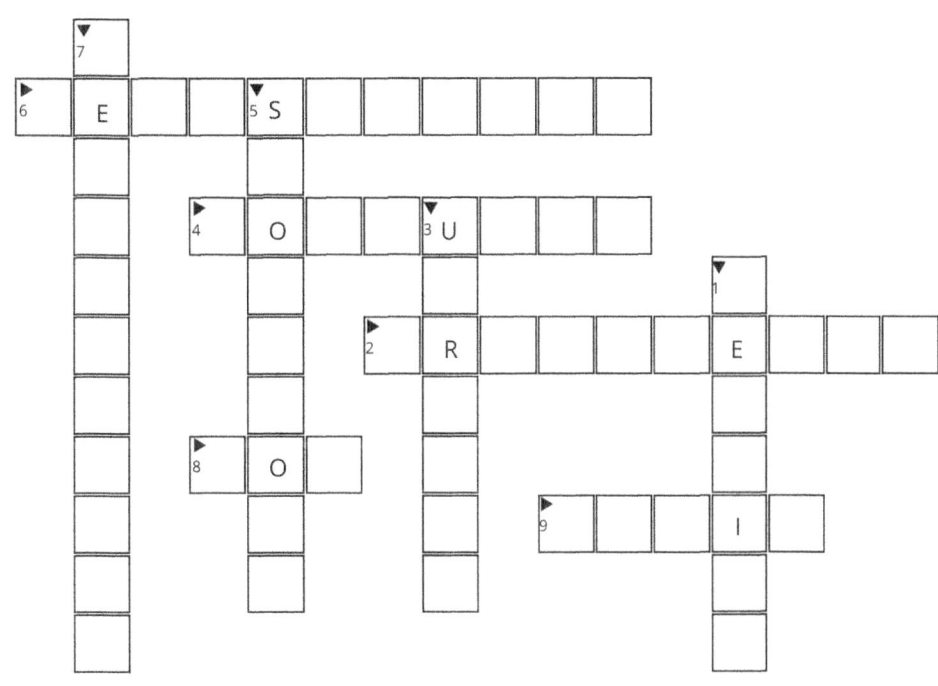

VERTIKAL ▼

(1) WELCHES LAND WAR CO-GASTGEBER DER EM 2000 ZUSAMMEN MIT DEN NIEDERLANDEN?

(3) WELCHES LAND WAR ZUSAMMEN MIT POLEN GASTGEBER DER EM 2012?

(5) IN WELCHER HAUPTSTADT FAND DAS FINALE DER EM 1992 STATT?

(7) IN WELCHEM LAND FAND DAS FINALE DER FUSSBALL-EM 2008 STATT?

HORIZONTAL ▶▶

(2) IN WELCHEM LAND WURDE DIE ERSTE FUSSBALL-EM 1960 AUSGETRAGEN?

(4) IN WELCHEM LAND FAND DIE FUSSBALL-EM 2004 STATT?

(6) WELCHES LAND WAR 1988 GASTGEBER DER FUSSBALL-EUROPAMEISTERSCHAFT?

(8) WELCHE STADT WAR DER AUSTRAGUNGSORT DES EM-FINALES 1980?

(9) WELCHE STADT WAR DER AUSTRAGUNGSORT DES EM-FINALES 2016?

05. JULI
2024

SKANDALE UND KONTROVERSEN: DIE DUNKLEN SEITEN DER EM

Die Europameisterschaft im Fußball, ein Fest des Sports, der Einheit und des Wettbewerbs, hat im Laufe der Jahre nicht nur glorreiche Momente auf dem Rasen erlebt. Hinter den jubelnden Fans und den glänzenden Trophäen verbirgt sich eine andere Geschichte – eine Geschichte von Skandalen und Kontroversen, die oft im Schatten der strahlenden Siege stehen.

Einer der bemerkenswertesten Skandale ereignete sich bei der EM 1984 in Frankreich. Michel Platini, der französische Kapitän, wurde beschuldigt, die Schiedsrichter beeinflusst zu haben. Dies gipfelte im Halbfinale gegen Portugal, als ein umstrittener Freistoß, der tief in der Verlängerung ausgeführt wurde, Frankreich das Finale sicherte. Die Portugiesen waren außer sich vor Wut, die französischen Fans im siebten Himmel – und die Fußballwelt in hitzigen Diskussionen über die Fairness des Spiels.

Dann war da noch der Vorfall bei der EM 1996 in England, besser bekannt als das „Battle of Britain". Als England auf Schottland traf, eskalierte die Rivalität nicht nur auf dem Feld, sondern auch auf den Rängen. Die Spannungen waren so hoch, dass die Polizei eingreifen musste, um Zusammenstöße zwischen den Fans zu verhindern.

Die EM 2016 in Frankreich war wiederum von anderen Arten von Kontroversen geprägt. Die Entscheidung, das Turnier trotz der angespannten Sicherheitslage nach den Terroranschlägen in Paris durchzuführen, sorgte für hitzige Debatten. Während das Turnier letztendlich ohne größere Vorfälle über die Bühne ging, herrschte in ganz Europa eine spürbare Anspannung, und die Frage der Sicherheit bei Großveranstaltungen wurde in den Vordergrund gerückt.

SCHÄTZFRAGEN

DER DÄNE NICKLAS BENDTNER PRÄSENTIERTE
BEI DER EM 2012 DEN BUND SEINER UNTERHOSE UND MACHTE SO
WERBUNG FÜR EIN IRISCHES WETTUNTERNEHMEN. WIE
VIEL GELD MUSSTE ER ALS STRAFE DAFÜR ZAHLEN?

WIE VIEL GELD ERHIELT DER SCHIEDSRICHTER ROBERT
HOYZER UNGEFÄHR FÜR SPIELMANIPULATIONEN IM
RAHMEN DES WETTSKANDALS 2005?

WIE VIELE JAHRE STADIONVERBOT ERHIELT DER FAN, DER 2000
EINEN GOLFBALL AUF OLIVER KAHN WARF?

WIE VIELE TRIKOTS WURDEN DER SCHWEIZER WURDEN BEI
DER EM 2016 ZERRISSEN

WIE OFT SPUCKTE FRANCESCO TOTTI DEM DÄNEN
CHRISTIAN POULSEN BEI DER EM 2004 INS GESICHT?

DEINE TIPPS FÜR DEN SPIELTAG

Viertelfinale 1: 05.07.2024 - 18:00

TIPP

ERGEBNIS

| Sieger AF3 | | Sieger AF1 |

☐ : ☐   ☐ : ☐

Viertelfinale 2: 05.07.2024 - 21:00

TIPP

ERGEBNIS

| Sieger AF5 | | Sieger AF6 |

☐ : ☐   ☐ : ☐

EM UND FANKULTUR: BEMERKENSWERTE GESCHICHTEN AUS DEN RÄNGEN

Was wäre der Fußball ohne die Fans? Die EM ist nicht nur ein Schauplatz für sportliche Höchstleistungen, sondern auch für die farbenfrohe und oft verrückte Welt der Fankultur.

Nehmen wir das EM-Turnier 2016 in Frankreich, als isländische Fans mit ihrem donnernden "Viking Clap" die Fußballwelt eroberten. Dieser synchronisierte Trommelwirbel, begleitet von einem mächtigen kollektiven Ruf, wurde zum Symbol für die beeindruckende Einheit und Stärke der isländischen Anhänger. Es war ein Gänsehautmoment, der zeigte, wie Fans die Atmosphäre eines Turniers prägen können.

Dann gibt es die legendäre Geschichte der irischen Fans bei der EM 2012 in Polen und der Ukraine. Trotz des Ausscheidens ihrer Mannschaft in der Gruppenphase gewannen die Iren die Herzen der Gastgeber und anderer Nationen mit ihrem unerschütterlichen Optimismus und Gesang. Ihr fröhliches "Fields of Athenry" hallte in den Stadien wider und wurde zu einem liebgewonnenen Teil des Turniers.

Und wer könnte die emotionalen Szenen beim EM-Finale 2004 in Portugal vergessen, als die griechischen Fans ungläubig und überwältigt ihren unerwarteten Triumph feierten? Ihr Underdog-Team hatte das Unmögliche möglich gemacht, und die Freudentränen in den Augen der Anhänger waren ein kraftvolles Zeugnis dafür, wie tief die Verbindung zwischen einem Team und seinen Fans sein kann.

Diese Geschichten aus den Rängen sind ein wesentlicher Bestandteil dessen, was die EM so besonders macht. Sie zeigen, dass Fußball mehr ist als nur ein Spiel – es ist eine Leidenschaft, die Menschen vereint und unvergessliche Momente schafft, die weit über die Grenzen des Spielfeldes hinausgehen.

SCHÄTZFRAGEN

WIE VIELE FANS HABEN DAS EM-FINALE 2016 IM STADION LIVE VERFOLGT?

WIE VIELE FANS BESUCHTEN DIE FANMEILE IN BERLIN WÄHREND DES EM-FINALES 2008?

WIEVIELE GÄSTE WERDEN IN BERLIN ANLÄSSLICH DER FUSSBALL EM 2024 ERWARTET?

WIE HOCH SIND DIE GESCHÄTZTEN KOSTEN FÜR DIE STADT BERLIN, DIE DURCH DIE FUSSBALL EM 2024 VORAUSSICHTLICH ENTSTEHEN?

UND MIT WELCHER RENDITE RECHNET DIE STADT BERLIN DURCH DIE FUSSBALL EM 2024?

DEINE TIPPS FÜR DEN SPIELTAG

Viertelfinale 3: 06.07.2024 - 18:00

		TIPP	**ERGEBNIS**
Sieger AF7	Sieger AF8	☐ : ☐	☐ : ☐

Viertelfinale 4: 06.07.2024 - 21:00

		TIPP	**ERGEBNIS**
Sieger AF4	Sieger AF2	☐ : ☐	☐ : ☐

07. JULI 2024

DIE KUNST DER VERTEIDIGUNG: UNVERGESSLICHE DEFENSIVARBEIT BEI DER EM

In der Welt des Fußballs, wo oft die glänzenden Tore und spektakulären Offensivaktionen im Rampenlicht stehen, gibt es eine ebenso bedeutsame, aber weniger beachtete Kunst: die Verteidigung. Bei den Europameisterschaften haben einige Teams durch ihre herausragende Defensivarbeit unvergessliche Momente geschaffen.

Ein Paradebeispiel für meisterhafte Verteidigung lieferte Griechenland bei der EM 2004 in Portugal. Unter der Leitung von Trainer Otto Rehhagel zeigte das griechische Team eine Defensivleistung, die in die Fußballgeschichte einging. Sie setzten auf eine kompakte, disziplinierte Abwehr und überraschten ganz Europa, indem sie das Turnier gewannen – ein Triumph, der vor allem ihrer soliden Defensive zu verdanken war.

Ein weiteres bemerkenswertes Beispiel ist die italienische Mannschaft bei der EM 2012. Mit einer Mischung aus erfahrener Taktik und herausragenden Einzelleistungen, wie von Giorgio Chiellini und Leonardo Bonucci, zeigte Italien eine Verteidigungsarbeit, die selbst die stärksten Angriffsreihen in Schach hielt. Ihr Weg ins Finale war geprägt von strategischer Brillanz und unerschütterlichem Defensivgeist.

Diese Momente erinnern uns daran, dass im Fußball der Erfolg oft auf einer soliden Verteidigung aufbaut. Diese Teams und ihre Verteidigungsstrategien haben bewiesen, dass eine gut organisierte Defensive nicht nur Spiele sichert, sondern auch Meisterschaften gewinnen kann

FRAGEN ÜBER FRAGEN

KENNST DU DIE RICHTIGE ANTWORT?

1. WELCHER DEUTSCHE SPIELER IST AUCH UNTER DEM SPITZNAMEN "KOPFBALLUNGEHEUER" BEKANNT? _____

2. NACH WIE VIELEN SEKUNDEN FIEL DAS SCHNELLSTE TOR DER EM-GESCHICHTE ? _____

3. WIE HEISST DAS MASKOTTCHEN DER EM 2024?

_____

3. WELCHES LAND FÜHRT DIE EWIGE ENDRUNDENTABELLEN DER EUROPAMEISTERSCHAFTEN AN?

_____

5. GEGEN WELCHES TEAM ZEIGTE SPANIEN BEI DER EM 1996 EINE BEEINDRUCKENDE DEFENSIVLEISTUNG IN EINEM TORLOSEN SPIEL?

_____

TAKTISCHE REVOLUTIONEN: WEGWEISENDE STRATEGIEN IM EM-FUSSBALL

Im Laufe der Jahre hat die Europameisterschaft nicht nur Fußballgeschichte geschrieben, sondern auch taktische Revolutionen erlebt, die das Spiel nachhaltig veränderten. Diese Turniere waren die Brutstätten für strategische Innovationen, die von visionären Trainern und Teams hervorgebracht wurden.

Ein markantes Beispiel ist die EM 1972, als Deutschland mit einer dynamischen, flüssigen Angriffsstrategie triumphierte. Trainer Helmut Schön führte das Konzept des „Totalen Fußballs" ein, eine Taktik, die auf Flexibilität und universellen Fähigkeiten der Spieler basierte. Jeder Spieler, abgesehen vom Torwart, konnte jede Position einnehmen, was die traditionellen Fußballstrukturen auf den Kopf stellte.

Die EM 1996 sah eine weitere taktische Neuerung mit der Einführung des "Golden Goal". Dies führte zu einer aggressiveren Spielweise in der Verlängerung, bei der Teams mehr Risiken eingingen, um das entscheidende Tor zu erzielen.

Zuletzt hat die EM 2012 mit Spaniens „Tiki-Taka"-Fußball, einem Stil, der auf Ballbesitz und präzisem Kurzpassspiel basiert, Fußballgeschichte geschrieben. Unter der Leitung von Vicente del Bosque demonstrierte Spanien eine faszinierende Kontrolle über das Spiel und zementierte ihren Platz als eines der größten Teams der Fußballgeschichte. Diese Meilensteine zeigen, wie die Europameisterschaft nicht nur ein Turnier für den Wettstreit der Nationen ist, sondern auch ein Schmelztiegel für taktische Innovationen, die den Fußball als Ganzes bereichern und weiterentwickeln.

KENNST DU DIE RICHTIGE ANTWORT?

WELCHES LAND ERFAND DEN "TOTALEN FUSSBALL"? _____

WELCHE REGEL WURDE BEI DER EM 1996 EINGEFÜHRT UND SCHON 2000
WIEDER ABGESCHAFFT? _____

WELCHE NATIONALMANNSCHAFT FIEL BEI DER EM 2008 BESONDERS
DURCH DIE "PRESSING"-STRATEGIE AUF? _____

DAS GASTGEBERLAND IST FÜR DIE ENDRUNDE AUTOMATISCH
QUALIFIZIERT. ABER WIE VIELE GASTGEBER GEWANNEN EINE EM AUCH?

_____

WIE HEISST DER SIEGER-POKAL DER EM? _____

09. JULI
2024

FAIR PLAY UND MENSCHLICHKEIT BEI DER EM: BEISPIELE DER NÄCHSTENLIEBE

DIE EUROPAMEISTERSCHAFT HAT IM LAUFE DER JAHRE AUCH INSPIRIERENDE GESCHICHTEN VON NÄCHSTENLIEBE UND SELBSTLOSER HILFE HERVORGEBRACHT. HIER SIND EINIGE BEMERKENSWERTE BEISPIELE:

1. Das Herz von Hakan Şükür (EM 2000): Bei der EM 2000 in Belgien und den Niederlanden stand Hakan Şükür im Mittelpunkt einer herzlichen Geste. Der türkische Stürmer erzielte in nur 11 Sekunden das schnellste Tor in der Geschichte der EM. Doch noch beeindruckender war seine Entscheidung, seinen gesamten Turnierbonus für wohltätige Zwecke zu spenden.

2. Die Fan-Spendenaktion (EM 2020/21): Während der EM 2020, die aufgrund der COVID-19-Pandemie verschoben wurde, starteten Fans eine Spendenaktion, um Gesundheitsdienste und gemeinnützige Organisationen in verschiedenen Ländern zu unterstützen. Diese Aktion unterstrich den Zusammenhalt und die Solidarität der Fußballgemeinschaft.

3. Die Einladung zum Tee (EM 1996): Nachdem Deutschland das Halbfinale gegen England gewonnen hatte, lud der englische Spieler Stuart Pearce den deutschen Spieler Andreas Möller zum Tee ein, um die Rivalität zu versöhnen und Freundschaft zu zeigen.

4. Der Trost des Stadionsprechers (EM 1992): Bei der EM 1992 erlitt der dänische Spieler Kim Vilfort eine persönliche Tragödie, als seine Tochter an Krebs erkrankte. Der Stadionsprecher informierte das Publikum darüber, und die Fans applaudierten aus Respekt und Mitgefühl.

5. Die Solidarität mit einem verletzten Fan (EM 2016): Ein deutscher Fan verletzte sich während der EM 2016 schwer und musste ins Krankenhaus gebracht werden. Die irischen und schwedischen Fans drückten ihre Unterstützung aus, indem sie ihm Genesungswünsche sendeten und ein Banner für ihn aufhängten.

KREUZWORTRÄTSEL

HORIZONTAL ▶▶

(1) WELCHES LAND ZEIGTE GROSSE SOLIDARITÄT, ALS ES WÄHREND DER EURO 2020 BEIM EINMARSCH ZUM SPIEL EIN RIESIGES TRIKOT EINES SPIELERS PRÄSENTIERT?

(3) FÜR WELCHEN FUSSBALLER ERHOBEN SICH DIE FANS DES FC LIVERPOOL UND VON MANCHESTER UNITED VON IHREN SITZEN UND SANGEN „YOU'LL NEVER WALK ALONE" WEIL DIESER ZUVOR SEINEN NEUGEBORENEN SOHN VERLOREN HATTE?

(5) WAS TATEN DIE SPIELER, DIE SICH BEI DER EM 2020 ENTSCHIEDEN, EIN ZEICHEN GEGEN RASSISMUS ZU SETZEN?

VERTIKAL ▼

(2) ES GIBT EIN VIDEO DES EM-FINALSPIELS 2016, AUF DEM EIN KLEINER PORTUGIESISCHER JUNGE UND EIN WEINENDER FRANZOSE ZU SEHEN IST. WAS MACHT DAS KIND?

(4) VON WELCHER BAND SANGEN IRISCHE UND SCHWEDISCHE FANS BEI DER EM 2016 EIN LIED?

(6) WAS WERFEN DIE FANS DES SPANISCHEN FUSSBALL-CLUBS REAL BETIS SEVILLA IM LETZTEN HEIMSPIEL VOR WEIHNACHTEN TONNENWEISE AUF DAS SPIELFELD?

DEIN TIPP FÜR DAS MATCH

Halbfinale 1: 09.07.2024 - 21:00

		TIPP	ERGEBNIS
Sieger VF1	Sieger VF2	☐ : ☐	☐ : ☐

MAGISCHE EM-MOMENTE: UNVERGESSLICHE SPIELE DER GESCHICHTE

In der reichen Historie der Europameisterschaft gibt es Momente, die in die Annalen des Fußballs eingegangen sind. Hier sind einige der denkwürdigsten Spiele, die uns bis heute in Erinnerung geblieben sind:

1. Deutschland vs. Tschechoslowakei 1976 - Der Panenka-Elfmeter: Im Finale der EM 1976 wagte Antonín Panenka aus der Tschechoslowakei einen kühnen Elfmeter. Mit einem lupenreinen Heber ließ er den deutschen Torwart Sepp Maier alt aussehen und sicherte seiner Mannschaft den Titel.

2. Dänemark vs. Niederlande 1988 - Der Underdog-Sieg: Dänemark nahm eigentlich nicht an der EM teil, wurde aber aufgrund des Jugoslawien-Konflikts kurzfristig eingeladen. Sie erreichten das Finale und schlugen die favorisierten Niederländer.

3. Tschechische Republik vs. Türkei 2008 - Das Drama der Elfmeter: Im Viertelfinale der EM 2008 lieferten sich Tschechien und die Türkei ein episches Duell. Nach einem 2:2 in der Verlängerung wurde das Spiel durch Elfmeterschießen entschieden, bei dem die Türkei als Sieger hervorging.

4. Portugal vs. Ungarn 2016 - Ronaldo's Dreierpack: Cristiano Ronaldo zeigte bei der EM 2016 gegen Ungarn eine außergewöhnliche Leistung. Er erzielte drei Tore und sicherte Portugal das Weiterkommen in der Gruppenphase.

KREUZWORT RÄTSEL

VERTIKAL ▼

(2) WELCHER DEUTSCHE SPIELER ERZIELTE 2008 IM SPIEL GEGEN POLEN ZWEI TORE?

(3) IN WELCHER STADT FAND DAS FINALE DER UEFA EURO 2008 STATT?

(6) WELCHER FRANZOSE STELLTE BEI DER UEFA EURO 1984 EINEN BEEINDRUCKENDEN REKORD AUF, INDEM ER NEUN TORE ERZIELTE?

(8) WELCHES TEAM SORGTE 2016 FÜR EINE RIESIGE ÜBERRASCHUNG GEGEN ENGLAND IM ACHTELFINALE?

HORIZONTAL ▶▶

(1) WELCHES LAND FÜHRTE 2020 NACH NUR 57 SEKUNDEN IM ACHTELFINALE GEGEN SPANIEN?

(4) WELCHES TEAM SCHAFFTE 2016 EIN COMEBACK VON 0:2 IM ACHTELFINALE GEGEN BELGIEN?

(5) WELCHER TORHÜTER HIELT ZWEI ELFMETER FÜR ITALIEN IM ACHTELFINALE DER EM 2000?

(7) IN WELCHEM LAND FAND 1968 DIE EUROPAMEISTERSCHAFT STATT, BEI DER DAS GASTGEBERLAND DEN TITEL GEWANN?

DEIN TIPP FÜR DAS MATCH

Halbfinale 2: 10.07.2024 - 21:00

TIPP

ERGEBNIS

Sieger VF3

Sieger VF4

NERVENKITZEL PUR: DRAMATISCHE ELFMETERSCHIESSEN IN HALBFINALEN

DIE UEFA EUROPAMEISTERSCHAFT HAT UNS IMMER WIEDER MIT NERVENAUFREIBENDEN HALBFINALSPIELEN UND DRAMATISCHEN ELFMETERSCHIESSEN IN DEN LETZTEN JAHREN BEGEISTERT. HIER SIND DREI SPANNENDE ELFMETER-MOMENTE:

1. UEFA EURO 2012 - Portugal vs. Spanien: Im Halbfinale dieser EM trafen Portugal und Spanien aufeinander. Nach einem torlosen Unentschieden in der Verlängerung kam es zum Elfmeterschießen. Portugal verlor schließlich mit 4:2 im Elfmeterschießen, nachdem Cristiano Ronaldo seinen Elfmeter verschossen hatte.

2. UEFA EURO 2016 - Deutschland vs. Italien: Deutschland und Italien boten den Fans ein atemberaubendes Halbfinale. Nach einem 1:1-Unentschieden in der Verlängerung ging es ins Elfmeterschießen. Dieses endete schließlich mit einem 6:5-Sieg für Deutschland, nachdem der deutsche Torhüter Manuel Neuer zwei Elfmeter parierte.

3. UEFA EURO 2020 - Italien vs. Spanien: Bei dieser EM trafen Italien und Spanien im Halbfinale aufeinander. Das Spiel endete 1:1 nach der Verlängerung, und das Elfmeterschießen wurde zum Nervenkitzel. Italien gewann schließlich mit 4:2 und zog ins Finale ein, wobei der italienische Torhüter Gianluigi Donnarumma zum Helden wurde.

WÖRTER SUCHE

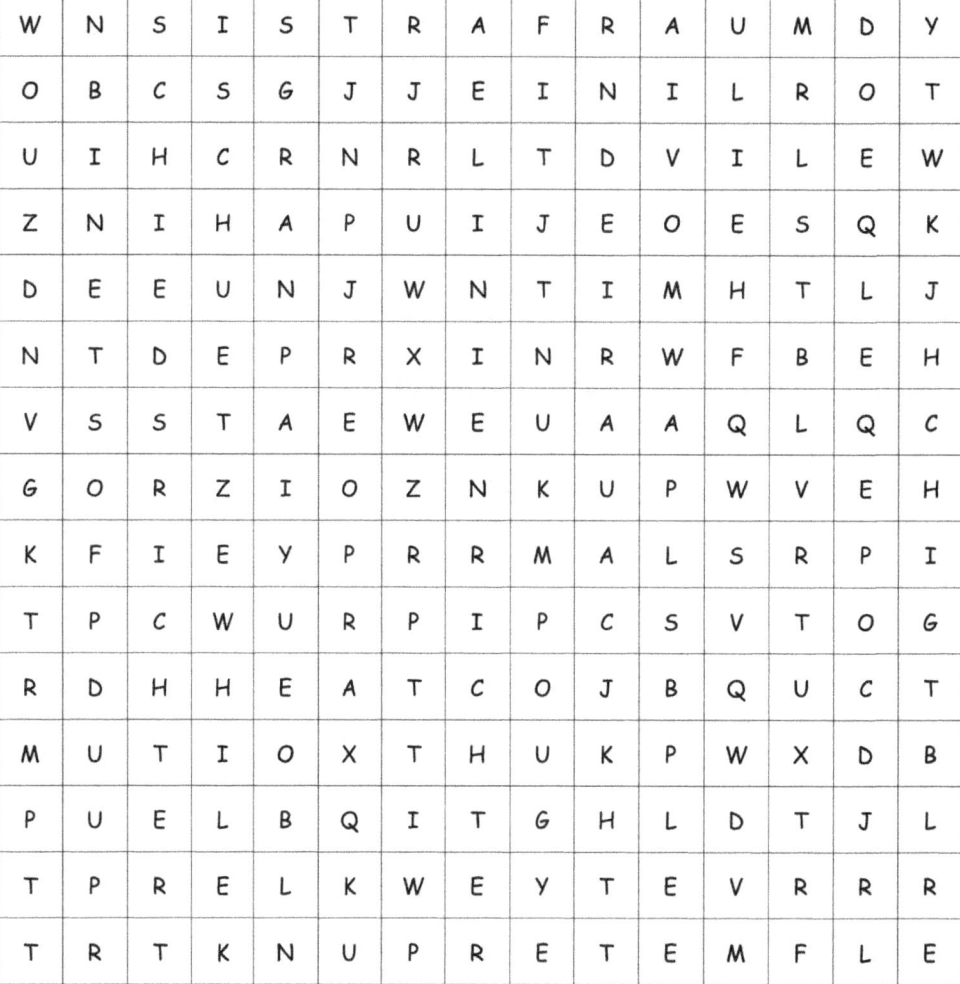

W	N	S	I	S	T	R	A	F	R	A	U	M	D	Y
O	B	C	S	G	J	J	E	I	N	I	L	R	O	T
U	I	H	C	R	N	R	L	T	D	V	I	L	E	W
Z	N	I	H	A	P	U	I	J	E	O	E	S	Q	K
D	E	E	U	N	J	W	N	T	I	M	H	T	L	J
N	T	D	E	P	R	X	I	N	R	W	F	B	E	H
V	S	S	T	A	E	W	E	U	A	A	Q	L	Q	C
G	O	R	Z	I	O	Z	N	K	U	P	W	V	E	H
K	F	I	E	Y	P	R	R	M	A	L	S	R	P	I
T	P	C	W	U	R	P	I	P	C	S	V	T	O	G
R	D	H	H	E	A	T	C	O	J	B	Q	U	C	T
M	U	T	I	O	X	T	H	U	K	P	W	X	D	B
P	U	E	L	B	Q	I	T	G	H	L	D	T	J	L
T	P	R	E	L	K	W	E	Y	T	E	V	R	R	R
T	R	T	K	N	U	P	R	E	T	E	M	F	L	E

STRAFRAUM **LINIENRICHTER** **SCHIEDSRICHTER** **TORLINIE**

SPANNUNG **SCHUETZE** **ELFMETER**

TORWART **ELFMETERPUNKT** **PFOSTEN**

EM-FINALFIEBER: DIE ATMOSPHÄRE IN DEN GASTGEBERSTÄDTEN

Die Europameisterschaft hat die Herzen der Fußballfans erobert, und die Atmosphäre in den Gastgeberstädten ist elektrisierend! Von den majestätischen Stadien bis zu den belebten Straßen pulsiert das EM-Finalfieber in jeder Ecke.

In den Städten ist eine beispiellose Euphorie zu spüren. Die Menschenmassen strömen zu den Fanfesten, um gemeinsam zu jubeln und zu feiern. Die Gastfreundschaft der Einheimischen ist ansteckend, und die Fans aus aller Welt fühlen sich wie zu Hause. Jeder ist bereit, seine Nation stolz zu vertreten, aber auch, die Schönheit des Fußballs und die Vielfalt Europas zu feiern.

Die Stadien selbst sind wahre Meisterwerke der Architektur und modernen Technologie. Wenn die Nationalhymnen erklingen und die Spieler den Rasen betreten, verschmilzt die Menge zu einem einzigen, tosenden Chor aus Unterstützung. Die Spannung ist greifbar, und man kann förmlich spüren, wie die Geschichte geschrieben wird.

Diese Magie der Europameisterschaften ließ sich in den letzten Jahrzehnten in den verschiedensten Städten Europas spüren. Ob in den malerischen Gassen von Lissabon, den geschichtsträchtigen Straßen von Rom, den pulsierenden Boulevards von Paris – die EM-Finalfieber hat Europa in ihren Bann gezogen. In diesem Jahr hat Deutschland die Ehre, dieses Fußballfest auszurichten und die Spannung auf das Finale ist groß!

WÖRTERSUCHE

V	V	A	O	T	B	G	R	M	M	Z	Z	U	V	Y
L	E	B	U	J	O	T	S	I	E	G	M	A	E	T
F	B	E	L	A	S	S	H	Y	Y	B	F	C	S	C
A	H	G	N	U	E	H	W	U	T	N	J	A	G	J
F	H	E	O	M	U	O	C	L	F	A	U	O	N	X
F	L	I	I	G	Y	Y	C	F	A	H	T	A	U	S
T	A	S	T	T	W	H	Y	I	H	O	Y	P	M	N
A	N	T	I	G	E	P	L	C	C	X	O	V	M	Q
C	E	E	D	U	L	S	D	A	S	K	W	Y	I	A
E	I	R	A	E	I	Z	L	Q	N	W	R	B	T	F
U	X	U	R	R	E	N	K	O	E	O	S	D	S	K
J	A	N	T	B	M	K	R	B	D	U	I	O	U	K
N	H	G	X	Y	N	I	S	E	I	R	P	T	G	S
H	Z	N	U	C	A	A	O	N	E	U	N	M	A	M
M	A	Ä	S	M	F	X	K	U	L	T	U	R	U	N

FANMEILE   **FANS**   **TEAMGEIST**   **TRADITION**
JUBEL   **LEIDENSCHAFT**   **KULTUR**
STIMMUNG   **NATIONALHYMNE**   **BEGEISTERUNG**

HALBFINAL-HÜRDEN: SCHWIERIGE WEGE INS EM-FINALE

Die Europameisterschaft hat uns bereits mit atemberaubenden Spielen und überraschenden Momenten verwöhnt, doch jetzt stehen wir vor den alles entscheidenden Halbfinals. Vier Teams haben sich durch hitzige Begegnungen und emotionale Momente gekämpft und stehen kurz davor, ins Finale einzuziehen.

Die erste Hürde, die es zu überwinden gilt, ist die Konkurrenz. Die Halbfinals versprechen packende Duelle zwischen erstklassigen Mannschaften. Jedes Team träumt von Europas höchster Fußball-Ehre, und der Kampf wird erbittert sein.

Die zweite Hürde ist die mentale Stärke. Die Spieler müssen die Nerven behalten und den immensen Druck der Nationen auf ihren Schultern tragen. Die Augen der Welt sind auf sie gerichtet, und die Erwartungen sind enorm.

Die dritte Hürde sind die individuellen Leistungen. Die EM hat bereits brillante Momente von Spielern aufgezeigt, aber im Halbfinale werden die Stars noch strahlen müssen, um ihre Teams zum Sieg zu führen.

Die vierte Hürde ist die Taktik. Die Trainer werden ihre besten Strategien einsetzen, um den Gegner zu überlisten. Taktische Finesse kann den Unterschied ausmachen.

Am Ende werden nur zwei Teams den Weg ins Finale schaffen und die Möglichkeit haben, Europameister zu werden. Die Halbfinal-Hürden sind hoch, aber die Belohnung ist unermesslich.

ZITATE ERRATEN

KANNST DU DIESE ZITATE VERVOLLSTÄNDIGEN?
KOMMST DU DRAUF,
WAS DIE PROFIS SAGEN WOLLTEN?

1. ZU 50 PROZENT STEHEN WIR IM VIERTELFINALE, ABER _____ . - RUDI VÖLLER

2.SOLLTEN SIE DIESES SPIEL BISLANG ATEMBERAUBEND FINDEN, _____ . - MARCEL REIF

3. MEIN PROBLEM IST, DASS ICH IMMER SEHR SELBSTKRITISCH BIN, _____ . - ANDREAS MÖLLER

4. WENN WIR HIER NICHT GEWINNEN,_____ . - ROLF RÜSSMANN

5. WENN MAN EIN 0:2 KASSIERT, _____ . - ALEKSANDAR RISTIC

TRÄNEN UND TRIUMPHE: EMOTIONALSTE MOMENTE IN EM-FINALSPIELEN

EM-Finalspiele sind wahre Gefühlsexplosionen. Da ist das legendäre Jahr 1992, als Dänemark die Welt überraschte. Die Freude der dänischen Spieler, die nur wenige Wochen zuvor gar nicht für das Turnier qualifiziert waren, ist unvergesslich.

2004 brachte Griechenland die Fußballwelt ins Staunen, als sie gegen alle Erwartungen Europameister wurden. Die Tränen des Kapitäns Theodoros Zagorakis, der den Pokal hochhielt, symbolisierten die Leidenschaft und den Glauben dieses Teams.

Und dann gab es Cristiano Ronaldo, der 2016 verletzt ausgewechselt wurde, aber mit zitternden Lippen und Tränen in den Augen vom Spielfeldrand aus mitfieberte, als Portugal den Titel gewann. Seine Emotionen zeigten, wie viel dieser Triumph für ihn bedeutete.

Diese EM-Finalmomente sind der Stoff, aus dem Fußballträume gewebt sind. In jedem Tor, jedem Jubel und jedem Moment der Enttäuschung finden wir die Essenz dessen, was den Fußball so mitreißend und inspirierend macht.

EM FUN FACTS

Heute ist der große Tag, das Finale steht bevor! Vielleicht schaust du es mit ein paar Leuten zusammen? Perfekt, dann kannst du gleich mit deinem neuen EM-Final-Wissen glänzen. Hier findest du (un)nützes Wissen und Fun Facts über vergangene EM-Finalspiele.

1. Bei der EM 1968 wurde das Halbfinalspiel zwischen Italien und der Sowjetunion durch einen Münzwurf entschieden, da es nach Verlängerung immer noch 0:0 stand. Italien gewann diesen Münzwurf und zog ins Finale ein.

2. Warum singen spanische Spieler bei ihrer Hymne nie mit? Weil die Hymne „Marcha Real" keinen Text hat!

3. Im Jahr 2007 wurde das EM- Qualifikationsspiel zwischen Finnland und Belgien unterbrochen. Der Grund: Eine riesige Eule landete mitten auf dem Fußballfeld. Die Zuschauer jubelten und riefen das finnische Wort für „Eule": Huuhkajat". Noch heute trägt die finnische Nationalmannschaft diesen Spitznamen.

4. Bei der EM 2004 trafen Portugal und Griechenland im Eröffnungsspiel aufeinander und später auch im Finale. Da war nicht nur der Ball eine runde Sache, sondern auch die ganze EM.

5. Der dänische Nationalspieler Thomas Delaney hat eine Rot-Grün-Sehschwäche. Er kann die Farben Rot und Grün also nicht sehen und dementsprechend auch nicht unterscheiden. Dummerweise spielen die Dänen in roten Trikots – bei einem Gegnerteam in grünen Trikots sind Verwechslungen vorprogrammiert! Bei einem Spiel gegen Mexiko (in Grün) hatte Delaney schonmal seinen eigenen Kollegen mit dem Gegner verwechselt.

DEIN EM-MOMENT

WELCHER MOMENT DIESER EM HAT DICH BESONDERS BEWEGT? WAS WAR DER SCHÖNSTE, SPANNENDSTE, LUSTIGSTE, ÜBERRASCHENDSTE, BERÜHRENDSTE MOMENT DER ZURÜCKLIEGENDEN WOCHEN? ODER HAST DU SOGAR EINEN LIEBLINGSMOMENT AUS DEM HEUTIGEN FINALE? HIER IST PLATZ FÜR DEINE BESCHREIBUNGEN, ZEICHNUNGEN ODER FOTOS.

DEIN TIPP FÜR DAS FINALE

Finale: 14.07.2024 - 21:00

		TIPP	ERGEBNIS
Sieger HF1	Sieger HF2	☐ : ☐	☐ : ☐

LÖSUNGEN

14. Juni: Quiz

1. Wie heißt Manuel Neuers Stiftung?
Antwort C: Manuel Neuer Kids Foundation
2. Welches Instrument spielt Manuel Neuer in seiner Freizeit?
Antwort C: Schlagzeug
3. Manuel Neuer konnte nicht nur auf dem Fußballfeld berufliche Erfahrungen sammeln. Wo wirkte er ebenfalls mit?
Antwort B: 2013 synchronisierte er im Film "Die Monster Uni" die Figur „Frank McCay"

15. Juni: Quiz

1. Welchen Negativrekord erreichte die italienische Mannschaft?
Antwort B: Das schnellste Gegentor jemals in einem Finale
2. Welches besondere Motto verfolgte die italienische Nationalmannschaft bei der EM 2020? Antwort C: "Lebe Azurblau"
3. In welchem Jahr wurde Italien erstmals Sieger einer Europameisterschaft?
Antwort A: 1968

16. Juni:
Was ist die Lüge?

Nummer 3, 5 und 8 sind gelogen.

17. Juni:
Was ist die Lüge?

Nummer 1, 6 und 8 sind gelogen.

18. Juni: Schätzfragen

1. Wie oft hat die türkische Nationalmannschaft an der Fußball-Europameisterschaft teilgenommen? Antwort: 4

2. An wie vielen offiziellen Spielen hat die türkische Fußballnationalmannschaft der Männer bereits teilgenommen? Antwort: 622

3. Wie viele Zuschauer passen ins Şükrü Saracoğlu-Stadion in Istanbul? Antwort: etwa 50.500

4. Die Türkei ist häufigster Gegner der deutschen Mannschaft in der EM-Qualifikation. Bei wie vielen solcher Spiele spielten sie gegeneinander? Antwort: 10

5. Auf welchem Platz liegt die türkische Mannschaft in der ewigen Bestenliste? Antwort: 15

19. Juni: Schätzfragen

1. Wie viele Spiele hat Thomas Müller in seiner gesamten Bundesliga-Karriere bestritten? Antwort: 462

2. Wie viele Begegnungen hat er davon gewonnen? Antwort: 333

3. Wie viele Tore hat Thomas Müller insgesamt für den FC Bayern München geschossen? Antwort: 145

4. Wie oft wurde Thomas Müller bisher in seiner Karriere deutscher Meister? Antwort: 12

5. Wie viele Länderspiele hat Thomas Müller für die deutsche Nationalmannschaft absolviert? Antwort: 126

20. Juni: Fragen über Fragen

1. In welchem Stadtteil von London wurde Harry Kane geboren? Antwort: Walthamstow

2. Welche Position spielt Harry Kane hauptsächlich? Antwort: Stürmer

3. Welcher Spitzname wird häufig für Harry Kane verwendet? Antwort: "Hurricane"

4. Harry Kane wechselte für eine Rekordsumme Tottenham Hotspur zum FC Bayern München. Sie betrug... Antwort: 100 Millionen Euro

5. Harry Kane ging zur Chingford Foundation School - die gleiche Schule, auf die auch dieser bekannte Fußballer ging: Antwort: David Beckham

**1. Wie viele Weltmeisterschaften hat die nieder-
ländische Nationalmannschaft bisher gewonnen?** Antwort: 0
**2. Wie viele Europameisterschaften hat die niederländische Nationalmannschaft insgesamt
gewonnen?** Antwort: 1
**3. Welche Farben dominieren normalerweise das Trikot der niederländischen
Nationalmannschaft?** Antwort: Oranje (Orange)
4. Wie lautet der volle Name des aktuellen niederländischen Nationaltrainers? Antwort: Ronald
Koeman
**5. In welchem Jahr trat die niederländische Nationalmannschaft zum ersten Mal bei einer
Weltmeisterschaft an?** Antwort: 1934

22. Juni:
Kreuzworträtsel

(1) Februar
(2) vier
(3) Portugal
(4) Cristiano
(5) Stuermer
(6) rot
(7) Georgina

24. Juni:
Wörtersuche

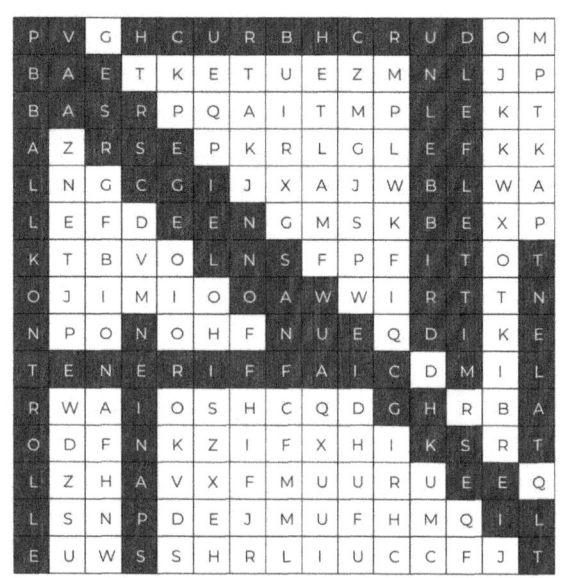

23. Juni:
Kreuzworträtsel

(1) drei
(2) Olympiastadion
(3) Klose
(4) Dortmund
(5) Kimmich
(6) Lahm
(7) Zidane
(8) Kahn

25. Juni: Wörtersuche

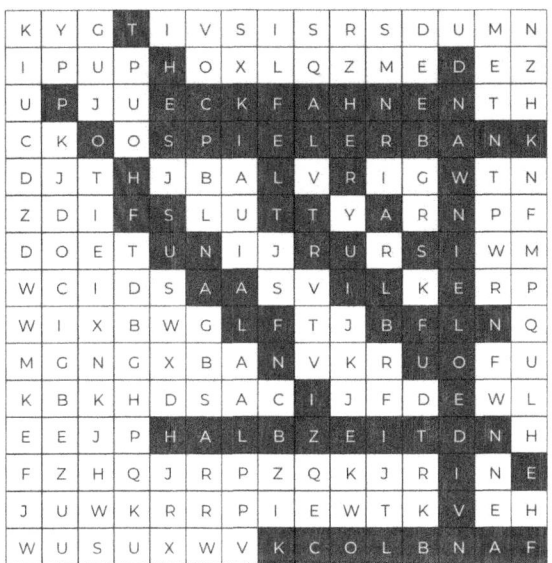

K	Y	G	T	I	V	S	I	S	R	S	D	U	M	N
I	P	U	P	H	O	X	L	Q	Z	M	E	D	E	Z
U	P	J	U	E	C	K	F	A	H	N	E	N	T	H
C	K	O	O	S	P	I	E	L	E	R	B	A	N	K
D	J	T	H	J	B	A	L	V	R	I	G	W	T	N
Z	D	I	F	S	L	U	T	T	Y	A	R	N	P	F
D	O	E	T	U	N	I	J	R	U	R	S	I	W	M
W	C	I	D	S	A	A	S	V	I	L	K	E	R	P
W	I	X	B	W	G	L	F	T	J	B	F	L	N	Q
M	G	N	G	X	B	A	N	V	K	R	U	O	F	U
K	B	K	H	D	S	A	C	I	J	F	D	E	W	L
E	E	J	P	H	A	L	B	Z	E	I	T	D	N	H
F	Z	H	Q	J	R	P	Z	Q	K	J	R	I	N	E
J	U	W	K	R	R	P	I	E	W	T	K	V	E	H
W	U	S	U	X	W	V	K	C	O	L	B	N	A	F

26. Juni: Fragen über Fragen

1. In welchem Jahr wurde Kevin De Bruyne geboren? Antwort: 1991

2. Welchen Rekord hält Kevin De Bruyne in der Premier League für die meisten Assists in einer Saison? Antwort: Kevin De Bruyne hält den Rekord für die schnellsten 100 Assists in der Geschichte der Premier League.

3. Wie viele Tore hat Kevin De Bruyne in seiner bisher besten Saison erzielt? Antwort: n der Bundesliga-Saison 2014/2015 erzielte Kevin De Bruyne 16 Tore für den VfL Wolfsburg.

4. In welchem Jahr wechselte Kevin De Bruyne zu Manchester City? Antwort: 2015

5. Wie viele Länderspiele hat Kevin De Bruyne (bis März 2023) für die belgische Nationalmannschaft absolviert? Antwort: 99

27. Juni: Zitate erraten

Franz Beckenbauer: "Im 5-Meter-Raum darf der Torwart nicht angegangen werden. **Das ist eine heilige Kuh.**"

Sepp Blatter: „Beim Fußball geht es nicht nur um das Spiel, er ist **eine Schule des Lebens.**"

Matthias Sammer: "Das nächste Spiel ist immer **das nächste.**"

Olaf Thon: "Wir spielen hinten Mann gegen Mann, und ich spiel **gegen den Mann.**

Mario Basler: "Wenn der Ball am Torwart vorbei geht, **ist es meist ein Tor.**"

Dieter Eilts: "Das interessiert mich wie eine geplatzte Currywurst im **ostfriesischen Wattenmeer.**"

Giovanni Trappatoni: "Fußball ist Ding, Dang, Dong. Es gibt nicht **nur Ding.**"

28. Juni: Zitate erraten

Lukas Podolski: "Fußball ist wie Schach, **nur ohne Würfel**."
Hans Krankl: „Wir müssen gewinnen, alles andere ist **primär**."
Mario Basler: "Ich habe nie an unserer **Chancenlosigkeit** gezweifelt."
Karl-Heinz Rummenigge:: "Viele können nicht unterscheiden zwischen **Viererkette und Fahrradkette**."
Gary Lineker: "Fußball ist ein einfaches Spiel: 22 Männer jagen 90 Minuten lang einem Ball nach, und am Ende **gewinnen immer die Deutschen**."
Andreas Möller: "Mailand oder Madrid – Hauptsache **Italien**!"
Lothar Matthäus: „Wäre, wäre, **Fahrradkette**."
Thomas Hässler: "Ich bin körperlich und **physisch** topfit."

29. Juni: Wer bin ich?

1. Antwort: Michel Platini
2. Antwort: Antonín Panenka
3. Theodoros Zagorakis

30. Juni: Wer bin ich?

1. Antwort: Michael Laudrup
2. Antwort: Nihat Kahveci
3. Antwort: Cristiano Ronaldo

01. Juli: Quiz

Welches Land gewann die UEFA Euro 2020?
Antwort A: Italien
Welches Land sorgte bei der UEFA Euro 2016 für eine der größten Überraschungen, als es England im Achtelfinale besiegte? Antwort A: Island
Welcher französische Spieler erzielte bei der UEFA Euro 1984 insgesamt neun Tore, darunter das entscheidende Tor im Finale gegen Spanien, und führte sein Team damit zum EM-Titel? Antwort C: Michel Platini

1. Welche Mannschaft hat es als einzige geschafft, sich zunächst nicht zu einer EM zu qualifizieren und diese dann sogar zu gewinnen?
Antwort A: Dänemark

2. Welches Team sorgte bei der UEFA Euro 2004 für eine der größten Überraschungen in der Fußballgeschichte, indem es im Finale den Gastgeber und Favoriten Portugal besiegte? Antwort C: Griechenland

3. Welcher Spieler erzielte bei der UEFA Euro 1996 ein "Golden Goal" im Finale, das erste in der Geschichte der Europameisterschaft?
Antwort A: Oliver Bierhoff für Deutschland

03. Juli: Wörtersuche

04. Juli: Kreuzworträtsel

(1) Belgien
(2) Frankreich
(3) Ukraine
(4) Portugal
(5) Stockholm
(6) Deutschland
(7) Oesterreich
(8) Rom
(9) Paris

05. Juli: Schätzfragen

1. **Der Däne Nicklas Bendtner präsentierte bei der EM 2012 den Bund seiner Unterhose und machte so Werbung für ein irisches Wettunternehmen. Wie viel Geld musste er als Strafe dafür zahlen?** Antwort: 100.000€

2. **Wie viel Geld erhielt der Schiedsrichter Robert Hoyzer ungefähr für Spielmanipulationen im Rahmen des Wettskandals 2005?** Antwort: ca. 50.000€

3. **Wie viele Jahre Stadionverbot erhielt der Fan, der 2000 einen Golfball auf Oliver Kahn warf?** Antwort: 5

4. **Wie viele Trikots wurden der Schweizer wurden bei der EM 2016 zerrissen?** Antwort: 7

5. **Wie oft spuckte Francesco Totti dem Dänen Christian Poulsen bei der EM 2004 ins Gesicht?** Antwort: 3x

06. Juli: Schätzfragen

1. **Wie viele Fans haben das EM-Finale 2016 im Stadion live verfolgt?** Antwort: 75.868

2. **Wie viele Fans besuchten die Fanmeile in Berlin während des EM-Finales 2008?** Antwort: ca. 600.000

3. **Wieviele Gäste werden in Berlin anlässlich der Fußball EM 2024 erwartet?** Antwort: ca. 2,5 Millionen (davon 1,9 Millionen externe Besucher aus rund 120 Ländern)

4. **Wie hoch sind die geschätzten Kosten für die Stadt Berlin, die durch die Fußball EM 2024 voraussichtlich entstehen?** Antwort: ca. 83 Millionen

5. **Und mit welcher Rendite rechnet die Stadt Berlin durch die Fußball EM 2024?** Antwort: ca. 90 Millionen

07. Juli: Fragen über Fragen

1. **Welcher deutsche Spieler ist auch unter dem Spitznamen "Kopfballungeheuer" bekannt?** Antwort: Horst Hrubesch

2. **Nach wie vielen Sekunden fiel das schnellste Tor der EM-Geschichte?** Antwort: nach 67 Sekunden

3. **Wie heißt das Maskottchen der EM 2024?** Antwort: Albärt (Teddybär)

3. **Welches Land führt die ewige Endrundentabellen der Europameisterschaften an?** Antwort: Deutschland (mit 53 Spielen und 94 Punkten)

5. **Gegen welches Team zeigte Spanien bei der EM 1996 eine beeindruckende Defensivleistung in einem torlosen Spiel?** Antwort: England

1. Welches Land erfand den "Totalen Fußball"?
Antwort: Niederlande
2. Welche Regel wurde bei der EM 1996 eingeführt und schon 2000 wieder abgeschafft? Antwort: Golden Goal
3. Welche Nationalmannschaft fiel bei der EM 2008 besonders durch die "Pressing"-strategie auf? Antwort: Spanien
4. Das Gastgeberland ist für die Endrunde automatisch qualifiziert. Aber wie viele Gastgeber gewannen eine Em auch? Antwort: drei (Spanien, Italien, Frankreich)
5. Wie heißt der Sieger-Pokal der EM? Antwort: Henri-Delaunay-Pokal

09. Juli:
Kreuzworträtsel

(1) Daenemark
(2) troesten
(3) Ronaldo
(4) ABBA
(5) knieen
(6) Kuscheltiere

10. Juli:
Kreuzworträtsel

(1) Kroatien
(2) Podolski
(3) Wien
(4) Wales
(5) Toldo
(6) Platini
(7) Italien
(8) Island

11. Juli:
Wörtersuche

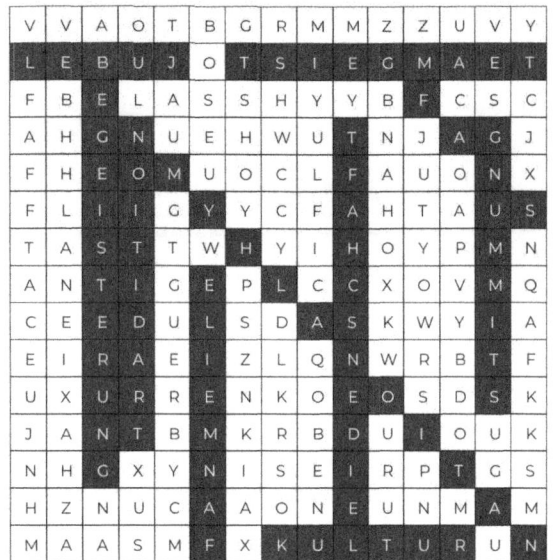

V	V	A	O	T	B	G	R	M	M	Z	Z	U	V	Y
L	E	B	U	J	O	T	S	I	E	G	M	A	E	T
F	B	E	L	A	S	S	H	Y	Y	B	F	C	S	C
A	H	G	N	U	E	H	W	U	T	N	J	A	G	J
F	H	E	O	M	U	O	C	L	F	A	U	O	N	X
F	L	I	I	G	Y	Y	C	F	A	H	T	A	U	S
T	A	S	T	T	W	H	Y	I	H	O	Y	P	M	N
A	N	T	I	G	E	P	L	C	C	X	O	V	M	Q
C	E	E	D	U	L	S	D	A	S	K	W	Y	I	A
E	I	R	A	E	I	Z	L	Q	N	W	R	B	T	F
U	X	U	R	R	E	N	K	O	E	O	S	D	S	K
J	A	N	T	B	M	K	R	B	D	U	I	O	U	K
N	H	G	X	Y	N	I	S	E	I	R	P	T	G	S
H	Z	N	U	C	A	A	O	N	E	U	N	M	A	M
M	A	A	S	M	F	X	K	U	L	T	U	R	U	N

1. „Zu 50 Prozent stehen wir im Viertelfinale, **aber die halbe Miete ist das noch nicht!**" - Rudi Völler

2. „Sollten sie dieses Spiel bislang atemberaubend finden, **dann haben sie es an den Bronchien.**" - Marcel Reif

3. „Mein Problem ist, dass ich immer sehr selbstkritisch bin, **auch mir selbst gegenüber.**" - Andreas Möller

4. „Wenn wir hier nicht gewinnen, **dann treten wir ihnen wenigstens den Rasen kaputt.**" - Rolf Rüssmann

5. "Wenn man ein 0:2 kassiert, **dann ist ein 1:1 nicht mehr möglich.**" - Aleksandar Ristic